L'ANGLAIS

AVEC

LILIAN

LILIAN MALATRAIT

L'ANGLAIS

AVEC

LILIAN

hachette

LilianAnglais

Au programme...

INTRODUCTION

GRAMMAIRE
POUR UTILISER LES BONNES CONSTRUCTIONS ET LES BONNES CONJUGAISONS DÈS LE DÉPART

VOCABULAIRE
POUR PARLER FLUENTLY

PRONONCIATION
POUR MAÎTRISER « ZE » FAMEUX « TH » ET AUTRES SUBTILITÉS DE LA LANGUE

MÉMO
POUR SE SOUVENIR DE L'ESSENTIEL SANS SURCHARGE COGNITIVE !

ASTUCES
POUR NE PAS COMMETTRE D'IMPAIR AVEC LES ANGLOPHONES...

CONSEILS
POUR NE PLUS FAIRE D'ERREURS DE DÉBUTANT

EN SITUATION
POUR SE JETER DANS LE GRAND BAIN

RETROUVE TOUS LES SUJETS ABORDÉS DANS LA TABLE DES MATIÈRES À LA FIN DU LIVRE.

COMMENT UTILISER CE LIVRE ?

Hello !

Moi, c'est Lilian. Tu me connais peut-être sous le nom de Lilian Anglais sur les réseaux. Voilà maintenant trois ans que je propose de petits cours d'anglais et des quiz d'entraînement. J'ai toujours voulu partager avec les autres mon goût pour cette langue. Mon objectif est de faciliter son apprentissage en la rendant ludique et accessible à tout le monde, et c'est aussi mon souhait dans ce livre qui ressemble à tout sauf à une méthode. Impossible d'être exhaustif... Donc, je te propose de revoir ce qui me semble essentiel pour dépoussiérer ton anglais. Je pars du principe que tu as déjà quelques notions de base, même si tu penses les avoir oubliées.

Je te propose d'aborder les règles de grammaire et le vocabulaire par petites « bouchées » bien digestes... Les fiches d'expressions idiomatiques et les mises en situations te permettront de communiquer plus naturellement avec les anglophones. Aujourd'hui, les applis de traduction et d'exercices de vocabulaire sont nombreuses. Tu auras tout le loisir de t'en servir le cas échéant. Mon but est de te donner envie d'aller plus loin. Comme tu le verras, ce livre comprend un peu de tout et part un peu dans tous les sens (comme moi !). Rien ne sert de le lire d'une traite ; c'est un mémo et une invitation à améliorer ton anglais en picorant des pages chaque jour.

Enfin, tu remarqueras peut-être que j'emploie plus aisément l'anglais britannique que l'anglais américain. Sache qu'il existe aussi de nombreuses variantes, notamment dans le vocabulaire, selon les pays anglophones.

S'IMMERGER DANS LA LANGUE PAR SES PASSIONS

Pour apprendre l'anglais, rien de tel que de partir dans un pays anglophone. Cette phrase, on l'a tous entendue. Et c'est absolument vrai. Mais laisse-moi te raconter mon histoire et tu comprendras que tout est possible, même si tu n'as pas les moyens ni le temps de passer un mois outre-Manche et encore moins outre-Atlantique.

Pour la faire courte, je ne suis jamais parti à l'étranger quand j'étais enfant (sauf si je compte le petit voyage de trois jours à Londres lorsque j'étudiais au collège), et pourtant je parle couramment anglais aujourd'hui. Pour moi, le facteur décisif dans l'apprentissage est l'immersion. Il est vrai que la meilleure manière d'être en immersion est de séjourner dans le pays. Mais (parce que tu t'en doutes, il y a un *mais*), ce n'est pas la seule. Il n'est pas donné à tout le monde de passer plusieurs semaines dans un autre pays.

On peut tout à fait se mettre dans les conditions de l'immersion en restant chez soi. C'est ce que j'ai fait en discutant tous les jours avec des anglophones ou des personnes qui parlaient un très bon anglais. Comment ? En pratiquant l'une de mes passions : les jeux vidéo. Et je peux te dire qu'en termes d'immersion, je ne pouvais pas rêver mieux. J'ai ainsi appris sur le tas, avec la volonté de comprendre et de me faire comprendre des autres joueurs.

De fait, associer l'apprentissage d'une langue à l'une de tes passions est la méthode la plus efficace pour progresser régulièrement et soutenir ta motivation. Si un domaine t'intéresse, écoute des podcasts, regarde des vidéos YouTube, lis des articles en lien avec le sujet. Tu vas te concentrer sur un vocabulaire qui t'est déjà familier. Tout est bon à prendre, à condition de trouver un équilibre entre la compréhension et l'expression écrites et orales. Cherche des personnes avec qui parler.

En bref, tu n'as pas forcément besoin de te plonger dans des livres de grammaire des heures durant pour devenir bon en anglais. La régularité et l'intérêt pour des thématiques et pour des personnes qui te sont sympathiques font tout ou presque.

Ça va sûrement te paraître bizarre, mais la période durant laquelle mon anglais a le plus progressé, c'était pendant la Covid. Je parlais régulièrement seul à voix haute en anglais dans mon appartement. Non, le confinement ne m'avait pas atteint le cerveau, et je te promets qu'il y a un réel intérêt. Ça me créait une espèce de routine où, tous les jours, je parlais anglais, donc je finissais par rêver en anglais, par penser en anglais... Bref, mon cerveau était en mode *English speaker*. La plupart de mes conversations avec moi-même tournaient autour de ce que je faisais ou de ce que j'allais faire. Ainsi, j'ai énormément progressé sur les différents thèmes liés à la maison ou aux loisirs, par exemple.

Tu as tout intérêt à mettre en place des routines d'apprentissage. Et ce livre t'y aidera.

GRAMMAIRE

LES TEMPS VERBAUX

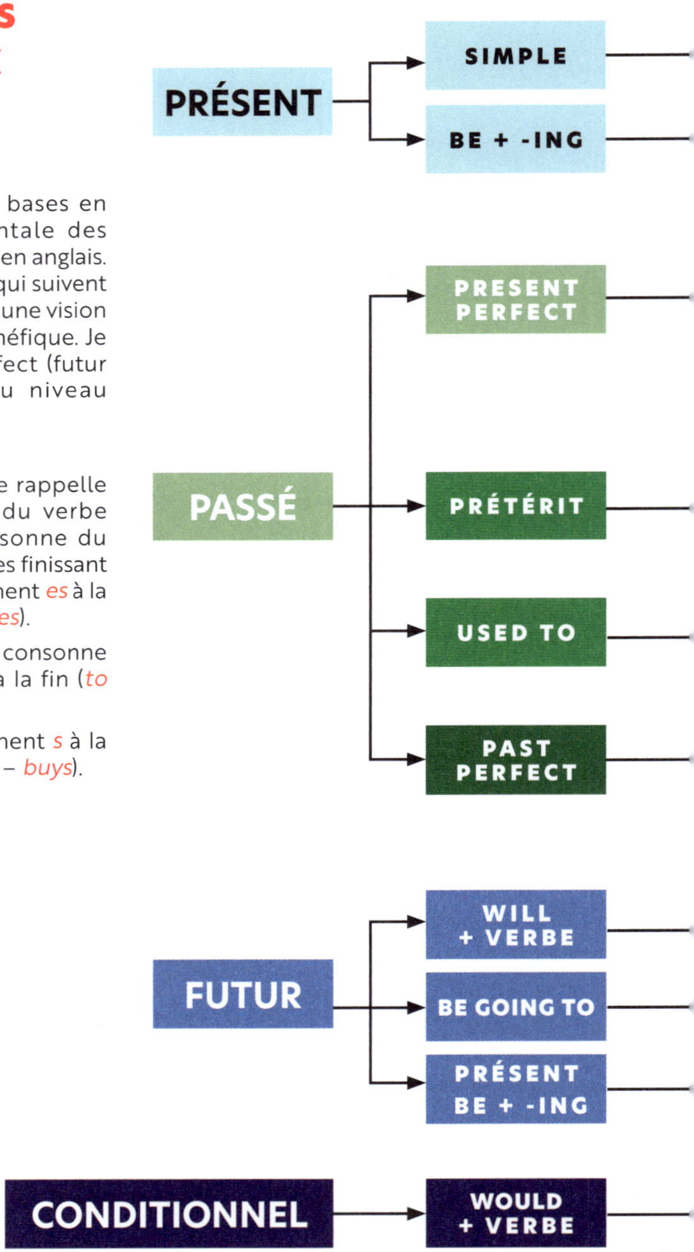

Pour bien se remettre les bases en tête, voici une carte mentale des principaux temps des verbes en anglais. J'y reviendrai dans les pages qui suivent et jusqu'à la fin du livre, mais une vision d'ensemble est toujours bénéfique. Je n'ai pas inclus le futur perfect (futur antérieur) pour rester au niveau intermédiaire.

Pour le présent simple, je te rappelle juste que la terminaison du verbe change à la troisième personne du singulier : he, she, it. Les verbes finissant par *o, ch, sh, z, s, ss* ou *x* prennent *es* à la fin (par exemple, *to go* – *goes*).

Les verbes finissant par une consonne suivie d'un *y* prennent *ies* à la fin (*to carry* – *carries*).

Tous les autres verbes prennent *s* à la fin (*to want* – *wants* ; *to buy* – *buys*).

action habituelle

action qui est en train de se réaliser

HAVE + PARTICIPE PASSÉ → action passée qui se poursuit dans le présent, qui a des conséquences au présent : *already - ever? - just- never - it's the 1st time - the most... I've ever... - not yet-*

HAVE BEEN + -ING → action qui dure encore maintenant *+ since ou + for*

SIMPLE → action passée, datée, achevée + marqueur de temps

BE + -ING → action qui était en train de se réaliser

action habituelle passée, qui n'est plus d'actualité

HAD + PARTICIPE PASSÉ → action passée qui s'est déroulée avant une autre action dans le passé

HAD BEEN + -ING → action qui était en train de se dérouler dans le passé

action à venir, promesse, décision incertaine

action dans un futur proche
marque une intention de la part de celui / celle qui parle

projet sûr et certain

événement ou projet soumis à une condition
= *IF + pétérit*, suivi du conditionnel

VOCABULAIRE

LE TEMPS QUI PASSE...

FRANÇAIS	–	ANGLAIS
Seconde	–	*Second*
Minute	–	*Minute*
Heure	–	*Hour*
Jour	–	*Day*
Semaine	–	*Week*
Mois	–	*Month*
Année	–	*Year*
Décennie	–	*Decade*
Siècle	–	*Century*
Millénaire	–	*Millenium*
Lever du soleil	–	*Sunrise*
Crépuscule	–	*Twilight*
Aube	–	*Dawn*
Matin	–	*Morning*
Midi	–	*Noon / Midday*
Après-midi	–	*Afternoon*
Soirée	–	*Evening*
Nuit	–	*Night*
Minuit	–	*Midnight*

Voir aussi Le tour de l'horloge, page 183.

LES AUXILIAIRES

Dans la vie courante, un ou une auxiliaire est une personne qui aide les autres. On est d'accord, quand on débute, c'est bien d'être aidé… Alors, commençons par étudier les auxiliaires en anglais !

Ce sont des verbes utilisés avec un autre verbe qualifié de *principal* pour former des temps, des modes ou des structures particulières dans une phrase. Tous n'ont pas un sens en eux-mêmes, mais ils influencent le verbe principal. Il existe trois catégories d'auxiliaires : les auxiliaires de temps, les auxiliaires de modalité (les modaux) et les auxiliaires de voix passive. Faisons connaissance…

Les auxiliaires sont toujours suivis d'un verbe principal à l'infinitif sans (sauf pour *have* et dans certaines constructions).

Ils permettent aussi d'ajouter des nuances de temps, de certitude, de politesse ou d'obligation.

AUXILIAIRES DE TEMPS

Ce sont **to be**, **to have** et **to do**. Ils aident à former les différents temps, les négations et les questions.

Be (être) : utilisé pour former le présent progressif et le passé progressif.

Par exemple :

She is singing. — Elle est en train de chanter.

She was singing. — Elle était en train de chanter.

Have (avoir) : utilisé pour former les temps composés (present perfect et le past perfect).

Par exemple :

They have finished the job. — Ils ont terminé le travail.

By the time I arrived, they had already left. — Quand je suis arrivé, ils étaient déjà partis.

Do (faire) : utilisé pour former des questions, des négations aux temps simples (présent, prétérit), ou pour insister sur le verbe principal.

Un exemple de question :

Do you like coffee? — Aimes-tu le café ?

Un exemple de négation :

I do not understand. — Je ne comprends pas.

AUXILIAIRES DE MODALITÉ (LES FAMEUX « MODAUX »)

Ces auxiliaires expriment la possibilité, l'obligation, la permission, le conseil, etc. Les principaux auxiliaires modaux sont :

Can (pouvoir) : capacité ou possibilité.
Par exemple : *She can swim.* — Elle sait nager.

Could (pouvoir au passé ou au conditionnel) : possibilité passée ou conditionnelle, ou forme de politesse.
Par exemple : *I could help you.* — Je pourrais t'aider.

May (pouvoir) : permission ou possibilité.
Par exemple : *You may go now.* — Tu peux partir maintenant.

Might (pourrait) : possibilité moins certaine.
Par exemple : *It might rain tomorrow.* — Il pourrait pleuvoir demain.

Must (devoir) : obligation forte ou déduction.
Par exemple : *You must wear a helmet.* — Tu dois porter un casque.

Will : pour former le futur.
Par exemple : *I will call you tomorrow.* — Je t'appellerai demain.

Shall : avec *I* et *we*, pour formuler une question poliment (en anglais britannique).
Par exemple : *Shall we go?* — Pouvons-nous y aller ?

Would : pour former le conditionnel ; pour indiquer une habitude dans le passé.
Par exemple : *If I had time, I would learn English.* — Si j'avais le temps, j'apprendrais l'angais.

Should (devrait) : conseil ou suggestion.
Par exemple : *You should see a dentist.* — Tu devrais voir un dentiste.

AUXILIAIRES DE VOIX PASSIVE

Be est utilisé pour former la voix passive. Le verbe principal est alors au participe passé.
Par exemple : *The cake was eaten.* — Le gâteau a été mangé.
Voir aussi page 204.

LES DIFFÉRENTES FORMES DE PHRASES

Tout au long de ce livre, je vais te parler de constructions de phrase. Je reviendrai sur des points de grammaire, je te donnerai des expressions ou je te proposerai tout simplement des mises en situation dans la vie quotidienne. Un petit rappel sur les formes de phrase en anglais est donc utile pour bien démarrer.

Il existe quatre types de phrases :

1. DÉCLARATIVE
affirmative ou négative

2. INTERROGATIVE

3. EXCLAMATIVE

4. IMPÉRATIVE

LA PHRASE DÉCLARATIVE AFFIRMATIVE

Sujet + verbe + adjectif ou complément

My friend (1 sujet) is coming (verbe) after the show (complément).

Alex and Nina (2 sujets) are coming (verbe) after the show (complément).

Mon ami viendra après la représentation.

Alex et Nina viendront après la représentation.

People who like pineapple on pizza (1 sujet) are (verbe) weird (adjectif).

Les gens qui aiment l'ananas sur la pizza sont bizarres.

LA PHRASE DÉCLARATIVE NÉGATIVE

Sujet + auxiliaire + négation *(not)* **+ verbe + complément ou adjectif**

Basique

Les auxiliaires

Les trois auxiliaires principaux de la langue anglaise sont : ***DO / BE / HAVE***.

Voir page 13.

I (sujet) *do* (auxiliaire) *not* (négation) *like* (verbe) *chocolate* (complément).

Je n'aime pas le chocolat.

I (sujet) *am* (auxiliaire) *not* (négation) *available* (adjective) *this morning*.

Je ne suis pas disponible ce matin.

N'oublie pas qu'il existe une forme contractée de la négation des auxilaires au présent et au passé :

To be : *You / we / They aren't* (présent) *; I wasn't / You / we / They weren't* (au passé)

To do : *I don't / He, She doesn't...* (présent) *; didn't* (au passé pour toutes les personnes)

To have : *I haven't / He, She hasn't...* (présent) *; hadn't* (au passé pour toutes les personnes)

Tu t'en doutes, ce schéma de construction de phrase est le B.A.-ba. Il existe des phrases plus complexes.

Voir les relatifs page 216.

LA PHRASE INTERROGATIVE

Auxiliaire *to be* + sujet + adjectif ou complément ?

Are (auxiliaire) *you* (sujet) *hungry* (complément)?

Est-ce que tu as faim ?

Is (auxiliaire) *she* (sujet) *at the office* (complément)?

Est-ce qu'elle est au bureau ?

Auxiliaire *to do* + sujet + verbe + adjectif ou complément ?

Do (auxiliaire) *you* (sujet) *have* (verbe) *a pet* (complément)?

Est-ce que tu as un animal de compagnie ?

Have got

Quand tu veux poser des questions impliquant l'**appartenance** ou la **possession**, l'auxiliaire *have* sera de la partie. Il pourra être accompagné de *do* ou, à la britannique, de *got*. Je vais prendre un exemple avec une même question :

Est-ce que tu as un chat ?

Avec *do* :

– *Do you have a cat?*

Avec *got* :

– *Have you got a cat?*

QUESTION OUVERTE OU FERMÉE… THAT IS THE QUESTION…

La bonne nouvelle, c'est que cela fonctionne pareil en français et en anglais.

Une question fermée, c'est :

une question à laquelle on répond juste par « oui » ou par « non ».

Imagine que tu veuilles savoir si la personne aime un truc, tu lui demanderas alors : *Do you like it?*

Auxiliaire + sujet + verbe + complément ou adjectif

Une question ouverte, c'est :

une question à laquelle on répond avec plus de détails (tout est « ouvert » donc).

C'est là qu'interviennent les mots interrogatifs, et il en existe un bon nombre. Rends-toi page suivante pour la liste.

Imagine que tu interroges quelqu'un sur la façon dont un événement est arrivé, tu demanderas alors : *How did it happen?*

Mot interrogatif + auxiliaire + sujet + verbe
+ éventuellement, complément ou adjectif

VOCABULAIRE

LES MOTS INTERROGATIFS

FRANÇAIS	–	ANGLAIS
Comment	–	*How*
Que / Qu'est-ce que / Quoi	–	*What*
Pour quoi (pour quel usage ?)	–	*What + auxiliaire + sujet + verbe + for*
Pourquoi (pour quelle raison ?)	–	*Why*
Quand	–	*When*
Où	–	*Where*
D'où	–	*Where from*
Quel, quels, quelle, quelles (dans un choix à faire)	–	*Which*
Qui	–	*Who*
À qui	–	*Whose*
Combien de fois	–	*How often*
Combien de temps	–	*How long*
À quelle distance	–	*How far*
Combien	–	*How much / many* *(voir page 68)*

LES 5 W

WHY

***Why** are you crying ?*
Pourquoi pleures-tu ?

WHEN

***When** did you leave?*
Quand es-tu parti ?

WHO

***Who** closed the door?*
Qui a fermé la porte ?

WH...?

WHERE

***Where** does she live?*
Où habite-t-elle ?
Where are you from?
D'où viens-tu ?

WHAT

Quoi / quel·le

***What** is your favourite meal?*
Quel est ton repas préféré ?

+ nom

***What** colour is your shirt?*
De quelle couleur est cette chemise ?

***What** time is it?*
Quelle heure est-il ?

***What** nationality is he?*
De quelle nationalité est-il ?

+ for

***What** is this box for?*
À quoi sert cette boîte ?

LA PHRASE EXCLAMATIVE

Une phrase exclamative se termine par... un point d'exclamation ! Une évidence ! Mais il y a aussi des petits mots à utiliser selon l'idée ou l'émotion que tu souhaites faire passer.

WHAT A — **+ dénombrable* singulier** — **+ groupe verbal (optionnel)**

What an interesting book I read!

What a nice day!

Qu'est-ce qu'il était intéressant le livre que j'ai lu !

Quelle belle journée !

WHAT — **+ dénombrable* pluriel** — **+ groupe verbal (optionnel)**

What nice flowers!

Quelles belles fleurs !

WHAT — **+ indénombrable*** — **+ groupe verbale (optionnel)**

What a pity!

Quel dommage !

SO — **groupe verbal + so + adjectif**

This lesson is so easy!

Cette leçon est tellement facile !

HOW — + adjectif ou adverbe — + groupe verbale

How courageous she was!
Qu'est-ce qu'elle a été courageuse !

SUCH A — + dénombrable* singulier — + groupe verbal (optionnel)

It's such a nice day!
C'est une si belle journée !

SUCH — + dénombrable* pluriel — + groupe verbal (optionnel)

We had such amazing days together!
On a passé de si bons moments ensemble !

*NOM DÉNOMBRABLE / NOM INDÉNOMBRABLE

Un nom dénombrable : c'est un nom de chose, d'animal ou de personne que l'on peut compter. Les noms dénombrables peuvent prendre la marque du pluriel.

An umbrella → *two umbrellas*

Un nom indénombrable : c'est un nom qui ne peut pas être compté en unités.

Voir aussi page 34.

- Les noms d'aliments ou de matériaux : *fish* (du poisson), *iron* (du fer)
- Les noms qui désignent un tout : *money* (de l'argent)
- Les noms qui désignent des concepts abstraits : *love* (l'amour)
- Les noms qui proviennent de verbes ou d'adjectifs : *swimming* (la natation) ; *strength* (la force)

VOCABULAIRE

LES VERBES LES PLUS COURANTS

Pour ton apprentissage des verbes, j'ai une bonne nouvelle : avec une cinquante de verbes tu peux très bien te débrouiller dans la vie quotidienne. À toi maintenant de les utiliser le plus possible avant de passer à d'autres verbes moins courants !

FRANÇAIS	—	ANGLAIS
Être	—	*Be*
Avoir	—	*Have*
Devenir	—	*Become*
Donner	—	*Give*
Faire	—	*Do / Make*
Dire	—	*Say*
Connaître	—	*Know*
Aller	—	*Go*
Aimer	—	*Love*
Croire	—	*Believe*
Écrire	—	*Write*
Falloir	—	*Must*
Laisser	—	*Leave*
Mettre	—	*Put*
Parler	—	*Speak / Talk*
Porter	—	*Carry*
Pouvoir	—	*Can*
Prendre	—	*Take*
Regarder	—	*Watch*
Rendre	—	*Give back*
Répondre	—	*Answer*
Rester	—	*Stay*
Chercher	—	*Look for / Search*
Appeler	—	*Call*
Arriver	—	*Arrive*

Attendre	–	*Wait*
Commencer	–	*Start*
Demander	–	*Ask*
Devoir (dette financière ou morale)	–	*Owe*
Vouloir	–	*Want*
Voir	–	*See*
Entendre	–	*Hear*
Vivre	–	*Live*
Venir	–	*Come*
Trouver	–	*Find*
Suivre	–	*Follow*
Sortir	–	*Go out*
Sentir	–	*Smell / Feel*
Sembler	–	*Seem*
Revenir	–	*Come back*
Reprendre	–	*Take back*
Regarder	–	*Watch*
Penser	–	*Think*
Paraître	–	*Appear*
Tomber	–	*Fall*
Rêver	–	*Dream*
Expliquer	–	*Explain*
Voler	–	*Steal (le délit) / Fly (comme les oiseaux)*
Oublier	–	*Forget*
Pardonner	–	*Forgive*
Interdire	–	*Forbid*
Aider	–	*Help*
Apprendre	–	*Learn*
Rencontrer	–	*Meet*
Jouer	–	*Play*
Envoyer	–	*Send*
Dormir	–	*Sleep*
Dire / Raconter	–	*Tell*

UTILISER LES *GAP FILLERS*

En cours d'anglais, on néglige souvent l'apprentissage des « remplisseurs d'espace », communément appelés *gap fillers* en anglais. Pourtant, ce sont eux qui donnent au discours de la fluidité et du naturel. En français ce sont les « euh » que l'on murmure quand on cherche ses mots, ou les « oh ! », « eh ! » qui expriment la joie, l'enthousiasme, la surprise… Ils vont aussi vous laisser le temps de trouver vos mots. Parfait pour quelqu'un qui débute, non ?

Well — Eh bien
You see — Tu vois, tu captes
Basically — En gros
You know — Tu comprends
Let me think — Laisse-moi réfléchir

Wow! (exprime la surprise)
I mean — Je veux dire
See what I mean — Tu vois ce que je veux dire
Anyway, the point is… — En fait, il s'agit de…
Actually… — En fait…

Tu peux aussi utiliser de petites phrases comme :
How should I put this? — Comment dire ?
Let me get this right. — Je vais reformuler.

NOTER LES EXPRESSIONS

Les expressions en français sont-elles traduisibles mot pour mot en anglais ? Bonne nouvelle : beaucoup ont une construction très similaire !

Par exemple :

Time flies. — Le temps file.

ou :

Better late than never. — Mieux vaut tard que jamais.

Ou encore :

It's not rocket science. — Ce n'est pas sorcier.

Si l'on traduisait littéralement cette dernière expression, cela voudrait dire que « ce n'est pas de la science très avancée ».

Cependant, une langue perdrait en intérêt et en charme si elle ne nous réservait pas quelques surprises. Notez les exemples suivants.

BONNE CHANCE !

En français, il est courant de souhaiter « bonne chance » à quelqu'un en lui disant… « merde ». Cette expression viendrait du monde du théâtre : autrefois, une grande quantité de crottin de cheval amassée devant un théâtre était bon signe ; les spectateurs étaient venus nombreux et la représentation avait donc connu un large succès.

En anglais *shit* n'est pas employé dans ce contexte. On dira plus simplement *good luck* ou *fingers crossed* ou encore *wishing you all the best. Break a leg* est utilisé au théâtre ou dans d'autres arts du spectacle pour souhaiter bonne chance à un artiste, de même que *tight lines* est utilisé pour les pêcheurs. L'expression anglaise *break a leg* tire son origine du théâtre elle aussi : si les acteurs ne jouaient pas le soir de la représentation, ils restaient derrière la *leg line* (le bord de la scène, derrière le rideau), donc en leur disant *break a leg*, on leur souhaitait simplement de dépasser cette *leg line*, et donc de monter sur scène et d'être payés.

DONNER SA LANGUE AU CHAT

Certaines expressions françaises ne trouvent pas vraiment d'équivalent parfait, comme « donner sa langue au chat », qui se traduirait tout simplement par *to give up*. On pourrait penser que l'expression *Cat got your tongue?* serait un bon équivalent, mais elle signifie : « Tu as perdu ta langue ?

Moralité : travaille tes expressions ! Sois curieux et compose un petit carnet au fil de tes conversations avec les anglophones.

SITUATION

INSCRIPTION À UN COURS

Lorsque tu pars vivre à l'étranger, que ce soit seul ou avec des amis, tu peux très vite tomber dans l'ennui après l'enthousiasme du premier mois. Tu vas donc chercher des activités pour lier connaissance et t'occuper l'esprit. Dans ce dialogue, je veux m'inscrire à un cours de danse et pose toutes les questions essentielles : le prix, les horaires, les modalités d'adhésion au club...

— Good afternoon! How can I help you?

— Hello, I'd like to sign up for dance classes. I heard you have a studio here in the city centre.

— Yes indeed! We offer a variety of dance classes. What type of dance are you interested in?

— I'm interested in trying salsa and maybe some hip-hop. Do you have those available?

— Absolutely! We have salsa classes on Mondays and Thursdays, and hip-hop on Tuesdays and Wednesdays. Are you looking for beginner or intermediate classes?

— I'm definitely a beginner, so I'd like to start at the beginner level for both.

— No problem! The beginner salsa class starts at 6 pm, and the hip-hop class is at 7 pm. How would you like to sign up? We have both individual sessions or monthly memberships.

— I think I'll go with the membership. How much is it?

— The monthly membership is £45, and it gives you access to all the dance classes we offer.

— That sounds great! I'll go with that.

— Perfect! I'll need some basic information to complete your registration. Could you fill in the form?

— Sure.

— Thank you! Your first class will be this Monday at 7 pm for hip-hop. If you want to talk to the instructor to find out a bit more, make sure to come 15 minutes before the start of the class.

— Awesome, I'm really looking forward to it! Thank you so much for your help.

— You're welcome, it is my pleasure.

TO FRENCH

— Bonjour ! Comment puis-je vous aider ?

— Bonjour, j'aimerais m'inscrire à des cours de danse. J'ai entendu dire que vous aviez un studio dans le centre-ville.

— Oui, en effet ! Nous proposons une grande variété de cours de danse. Quel type de danse vous intéresse ?

— J'aimerais essayer la salsa et peut-être un peu de hip-hop. Est-ce qu'il y a des cours ?

— Tout à fait ! Nous proposons des cours de salsa les lundis et jeudis, et des cours de hip-hop les mardis et mercredis. Vous cherchez des cours pour débutants ou de niveau intermédiaire ?

— Je suis débutant, c'est certain, alors j'aimerais commencer au niveau débutant pour les deux cours.

— Pas de problème ! Le cours de salsa pour débutants commence à 18 heures et le cours de hip-hop à 19 heures. Nous proposons des séances individuelles ou des abonnements mensuels.

— Je pense que je vais opter pour l'abonnement. C'est combien ?

— L'abonnement mensuel coûte 45 livres sterling et vous donne accès à tous les cours de danse que nous proposons.

— Ça me semble pas mal ! J'opte pour cette formule.

— C'est parfait ! Je vais avoir besoin de quelques informations pour compléter votre inscription. Pourriez-vous remplir ce formulaire ?

— Bien sûr.

— Merci. Votre premier cours aura lieu ce lundi à 19 heures pour le hip-hop. Si vous voulez discuter avec le prof pour en savoir un peu plus, venez 15 minutes avant le début du cours.

— Super, j'ai vraiment hâte ! Merci beaucoup pour votre aide.

— Il n'y a pas de quoi, avec plaisir.

GRAMMAIRE

LES ARTICLES INDÉFINIS *A / AN*

En anglais, lorsque tu emploies un nom singulier, tu as généralement le choix entre deux articles indéfinis : *a* ou *an*. Tu t'es donc peut-être déjà demandé lequel utiliser et s'ils étaient interchangeables. La réponse est « non », ils ne sont pas interchangeables, et leur utilisation dépend des sonorités.

On utilisera **a** devant les mots qui commencent par une consonne ou par un son consonnantique.

Exemples simples :

a cat

a house

a bed

Mais tout n'étant jamais simple dans une langue, il faut bien faire attention aux mots comme *hour, heir*..., dont le *h* n'est pas aspiré. Dans ce cas, on utilisera *an* :

an hour

an heir

On utilisera aussi **an** devant les mots qui commencent par une voyelle ou un son voyelle.

Exemples simples :

an apple

an orange

Gare aux sonorités... Dans le mot *university*, par exemple, bien que le mot commence par un *u*, le son étant *YOU*, on ne dira pas *an university* mais bien *a university*.

Lorsque vient le choix de ces articles indéfinis, il faut donc se concentrer sur la prononciation plutôt que sur la première lettre de chaque mot. Et je précise que ces articles sont à utiliser uniquement devant un nom singulier et pas devant un indénombrable

Voir page 34.

LES MODAUX *MUST / HAVE TO*

Le grammairien utilise souvent des termes abstraits qui font un peu peur : si je te parle des **modaux**, ça te parle ? Si tu as suivi quelques cours d'anglais, tu les connais forcément. Je vais les aborder à différents moments dans cet ouvrage.

Revenons sur la différence entre *must* et *have to*. (Parce qu'il y en a une ? me demanderas-tu...) On est d'accord : les deux signifient « devoir » en français. Alors, dans quelles circonstances utilise-t-on *have to* et *must* en anglais ?

HAVE TO

Have to est utilisé dans les cas suivants :

• Dans le cas où il s'agit d'une **obligation externe**. Pour faire simple, c'est simplement **une demande qui ne vient pas de la personne qui parle**.

Par exemple :

You HAVE TO be there at 7pm. — Tu DOIS être là à 19 heures.

• Dans un **registre soutenu et poli pour présenter ses excuses**, comme dans l'exemple :

I am truly sorry, I can't come tonight, I HAVE TO go to bed early. — Je suis sincèrement désolé, mais je ne pourrai pas venir ce soir, je DOIS me coucher tôt.

MUST

Must à l'inverse sera utilisé lorsque l'**obligation** ou le sentiment d'obligation **vient de la personne qui parle**, cette fois-ci.

Par exemple :

Je ne serai pas là, je DOIS finir mes devoirs ce soir.

— *I won't be there, I MUST finish my homework tonight.*

Must peut aussi être utilisé pour donner des conseils pressants à quelqu'un. Ces conseils seront considérés comme fermes, et donc, selon l'intonation de la personne, pourront aussi apparaître comme un ordre. Par conséquent, il faut faire attention !

Par exemple, lors d'un jour bien froid :

Tu DOIS porter une écharpe. — *You MUST wear a scarf.*

Ici, ça pourrait très bien être un conseil comme un ordre, c'est quelque chose de contextuel à définir en utilisant l'intonation !

Si on compare les modaux deux à deux, il devient assez facile de les comprendre. Ils permettent toujours d'exprimer l'avis, le point de vue ou bien les envies du locuteur dans une situation. *Hang in there !* C'est fini pour le petit point grammaire.

Must n'ayant ni futur ni passé, *have to* est utilisé au futur comme au passé.

Par exemple :

- I won't be there, I have to finish my homework.

- I couldn't be there, I had to finish my homework.

ENRICHIR SON VOCABULAIRE AVEC LES CONTRAIRES

Si je te disais que pour apprendre l'anglais il suffisait de mémoriser les contraires, tu me croirais ? Bon, évidemment, si tu connais juste 10 contraires, ça ne va pas faire de toi un bilingue, mais laisse-moi t'expliquer.

Connaître les contraires, c'est élargir son vocabulaire de manière organisée. Or, le cerveau adore la structure et mémorise mieux les paires de mots. Ils facilitent la tâche quand on doit décrire une situation, un état, une chose ou une personne.

Voici une liste de mots. Essaye de trouver leur contraire : ils te viendront facilement à l'esprit. Si tu ne les connais pas du tout, tourne la page : tu découvriras 50 contraires les plus fréquents en anglais.

Happy ≠ ....

Big ≠ ....

Day ≠ ....

Ugly ≠ ....

Healthy ≠ ....

Wet ≠ ....

Agree ≠ ....

Lose ≠ ....

On ≠ ....

Everybody ≠ ....

Up ≠ ....

On est souvent tenté d'apprendre par cœur de longues listes de mots dès le début de l'apprentissage, alors qu'il vaut mieux expérimenter les associations d'idées.

VOCABULAIRE

50 CONTRAIRES COURANTS

FRANÇAIS	–	ANGLAIS	FRANÇAIS	–	ANGLAIS
Joyeux	–	*Happy*	Triste	–	*Sad*
Jour	–	*Day*	Nuit	–	*Night*
Gros / Grand	–	*Big*	Petit / mince	–	*Little / Small / Slim*
Moche	–	*Ugly*	Beau / magnifique	–	*Pretty / Beautiful*
En bonne santé	–	*Healthy*	Malade	–	*Sick / ill*
Mouillé	–	*Wet*	Sec	–	*Dry*
Être d'accord	–	*To agree*	Être en désaccord	–	*To disagree*
Tout le monde	–	*Everybody*	Personne	–	*Nobody*
Perdre	–	*To lose*	Gagner	–	*To win*
Allumé	–	*On*	Éteint	–	*Off*
Haut	–	*Top*	Bas	–	*Bottom*
Travailler	–	*To work*	Se reposer	–	*To rest*
Occupé	–	*Busy*	Flemmard	–	*Lazy*
Bruyant	–	*Loud*	Silencieux	–	*Quiet*
Demander	–	*To ask*	Répondre	–	*To answer*
En colère	–	*Angry*	Calme	–	*Calm*
Économiser	–	*To save*	Dépenser	–	*To spend*
Jamais	–	*Never*	Toujours	–	*Always*
Donner	–	*To give*	Prendre	–	*To take*
Nouveau	–	*New*	Vieux	–	*Old*
Tout	–	*All / Everything*	Rien	–	*Nothing*
Entier	–	*Whole*	En partie	–	*Part*
Plafond	–	*Ceiling*	Sol	–	*Floor*

Présent	–	*Present*	Passé	–	*Past*
Hier	–	*Yesterday*	Demain	–	*Tomorrow*
Mort	–	*Dead*	Vivant	–	*Alive*
Fin / mince	–	*Thin*	Épais	–	*Thick*
Connu	–	*Famous*	Inconnu	–	*Unknown*
Casser	–	*To break*	Réparer	–	*To fix*
Jeune	–	*Young*	Âgé	–	*Old*
Lune	–	*Moon*	Soleil	–	*Sun*
Interdire	–	*To forbid*	Autoriser	–	*To allow*
Inutile	–	*Useless*	Utile	–	*Useful*
Hiver	–	*Winter*	Été	–	*Summer*
Attraper	–	*To catch*	Rater	–	*To miss*
Rigoler	–	*To laugh*	Pleurer	–	*To cry*
Chaud	–	*Hot*	Froid	–	*Cold*
Loin	–	*Far*	Proche	–	*Near*
Rapide	–	*Fast*	Lent	–	*Slow*
Dur	–	*Hard*	Mou	–	*Soft*
Difficile	–	*Difficult*	Facile	–	*Easy*
Pauvre	–	*Poor*	Riche	–	*Rich*
Noir	–	*Black*	Blanc	–	*White*
Rempli	–	*Full*	Vide	–	*Empty*
Nerveux	–	*Nervous*	Détendu	–	*Relaxed*
Vrai	–	*Right / True*	Faux	–	*Wrong*
Léger / Lumineux	–	*Light*	Lourd / Sombre	–	*Heavy / Dark*
En avance	–	*Early*	En retard	–	*Late*
Généreux	–	*Generous*	Égoïste	–	*Selfish*
Ordonné	–	*Tidy*	Désordonné	–	*Messy*

LES NOMS INDÉNOMBRABLES

Laisse-moi d'abord te rappeler rapidement ce que c'est.

Les noms indénombrables sont des noms avant lesquels tu ne peux ni utiliser *a / an*, ni utiliser le pluriel, ni les quantifier à l'aide de chiffres.

En gros, tu ne les comptes pas ! Et pourtant, malgré la facilité du concept, les francophones commettent de nombreuses erreurs. Là, tu te demandes sûrement : « Pourquoi ça ? » Eh bien la réponse est toute simple : parce que les noms indénombrables en anglais sont parfois dénombrables en français et inversement. C'est le cas de mots pluriels en français aussi courants que « conseils » (*advice*) ou « meubles » (*furniture*).

Par exemple :

Tu ne diras JAMAIS : *He gave me ~~an~~ advice.*

Tu diras plutôt : *He gave me a piece of advice.* — Il m'a donné un conseil (si tu veux préciser le nombre de conseils qu'il t'a donnés).

Ou : *He gave me some advice.* — Il m'a donné des conseils (si tu veux rester général).

Pour parler de quantités de noms indénombrables, on utilise des expressions comme *a piece of*, *a cup of*, *a bottle of*, ou *some*. Par exemple : *a piece of advice* (un conseil), *a cup of coffee* (une tasse de café).

Voir aussi some et any page 214.

QUELQUES NOMS INDÉNOMBRABLES

FRANÇAIS	–	ANGLAIS
		Substances et matières
Air	–	*Air*
Pain	–	*Bread*
Café	–	*Coffee*
Lait	–	*Milk*
Huile	–	*Oil*
Riz	–	*Rice*
Sel	–	*Salt*
Sable	–	*Sand*
Sucre	–	*Sugar*
Eau	–	*Water*
		Concepts abstraits
Conseils	–	*Advice*
Courage	–	*Courage*
Liberté	–	*Freedom*
Bonheur	–	*Happiness*
Informations	–	*Information*
Connaissance	–	*Knowledge*
Amour	–	*Love*
Temps	–	*Time*
Travail	–	*Work*
		Activités ou processus
Recherche	–	*Research*
Courses	–	*Shopping*
Formation	–	*Training*
Voyage	–	*Travel*
		Divers
Vêtements	–	*Clothing*
Équipement	–	*Equipment*
Meubles	–	*Furniture*
Bagages	–	*Luggage*
Argent	–	*Money*
Nouvelles, actualités	–	*News*

L'ARTICLE DÉFINI *THE*

The est utilisé pour désigner une personne, un objet ou une idée spécifiques et bien identifiés, à la différence des articles indéfinis *a* ou *an* qui introduisent quelque chose de non spécifique. Ça, c'est plutôt evident à comprendre pour un francophone. Mais là où ça se complique, c'est quand il faut choisir entre *the* et... rien du tout ! Faisons le point.

QUAND QUELQUE CHOSE EST CONNU DES INTERLOCUTEURS

On utilise *the* lorsque l'objet, la personne ou l'idée est déjà connu ou a été mentionné auparavant, ou quand les interlocuteurs savent implicitement de quoi il s'agit.

Par exemple :

I bought a book. The book is very interesting. — J'ai acheté un livre. Le livre est très intéressant.

>>> *The book* est connu car il a déjà été mentionné.

Can you pass me the salt? — Peux-tu me passer le sel ?

>>> On parle de **ce** sel en particulier, celui qui est sur la table.

The Internet has changed the way we live. — Internet a changé notre façon de vivre.

>>> *The internet* est un concept largement connu et partagé.

QUAND IL N'Y A QU'UN SEUL EXEMPLAIRE

On utilise *the* pour désigner des choses uniques, comme les phénomènes naturels, les institutions ou les lieux connus de tous.

Par exemple :

The sun is shining today. — Le soleil brille aujourd'hui.

>>> Il n'y a qu'un seul soleil.

She works at the university. — Elle travaille à l'université.

>>> On fait référence à l'université dans un contexte connu ou spécifique.

Cas où *the* n'est pas utilisé
Quand on parle en général :
Life is beautiful. — La vie est belle.

AVEC DES SUPERLATIFS OU DES COMPARATIFS

The est utilisé avec les superlatifs (qui indiquent qu'il s'agit du plus grand, du meilleur, etc.) et certaines expressions comparatives.

Par exemple :

He is the best student in the class. — Il est le meilleur élève de la classe.

The more you practise, the better you get. — Plus on pratique, plus on s'améliore.

AVEC DES NOMS GÉOGRAPHIQUES

Comme les océans, les chaînes de montagnes, les rivières, les groupes d'îles et certains pays qui incluent des termes tels que *kingdom*, *states*, *republic*, etc.

Par exemple :

The Pacific Ocean, *The Alps*, *The United States*, *The Netherlands*.

Mais on dit *France*, *Belgium*, *Senegal*... sans article.

DEMANDER SON CHEMIN

Bien sûr, il existe plein d'applis de géolocalisation pour trouver son chemin tout seul, sans rien avoir à demander. Mais si la connexion Internet n'est pas possible ou que la géolocalisation te fait tourner en rond... le plus simple est encore de demander ton chemin à quelqu'un.

Tu cherches désespérément une boutique super sympa qu'on t'a conseillée.

D'abord, commence par aborder quelqu'un en lui expliquant que tu es perdu. Un vocabulaire basique suffit :

— Hello, I'm sorry but I'm lost. Do you know where this shop is?

— Bonjour, excusez moi, mais je suis perdu. Savez-vous où ce trouve ce magasin ?

— Of course, it's next to the museum.

— Bien sûr, c'est à côté du musée.

— What's the best way to get there?

— C'est quoi le meilleur chemin pour s'y rendre ?

— Go straight on as far as the traffic light, then turn right, walk down that street and you should see the museum, and the store is just next to it.

— Allez tout droit jusqu'au feu de signalisation, puis tournez à droite et continuez sur cette rue. Après vous devriez apercevoir le musée et juste à côté le magasin.

Le plus difficile est de bien comprendre les indications de son interlocuteur. C'est pourquoi il est important de connaître non seulement quelques notions de directions, mais aussi les noms de lieux en anglais. Voir pages suivantes.

VOCABULAIRE

LES LIEUX

FRANÇAIS	ANGLAIS
Aéroport	*Airport*
Arrêt de bus	*Bus stop*
Banque	*Bank*
Bibliothèque	*Library*
Bijouterie	*Jeweller's*
Boucherie	*Butcher's*
Boulangerie	*Bakery*
Caserne des pompiers	*Fire station*
Centre commercial	*Mall (US) / Shopping centre (UK)*
Cimetière	*Cemetery / graveyard (quelquefois rattaché à une église) / churchyard (toujours rattaché à une église)*
Cinéma	*Cinema*
Coiffeur	*Hairdresser's*
École	*School*
Épicerie	*Grocery*
Fleuriste	*Florist's*
Gare	*Train station*
Hôpital	*Hospital*
Librairie	*Bookstore (US) / Bookshop (UK)*
Métro	*Subway (US) / Underground (UK)*
Musée	*Museum*
Pharmacie	*Drug store (US) / Chemist's (UK)*
Commissariat de police	*Police station*
Salle de sport	*Gym*
Station essence	*Gas station (US) / Petrol station (UK)*
Usine	*Factory*

VOCABULAIRE

LES DIRECTIONS

FRANÇAIS	–	ANGLAIS
Tout droit	–	*Straight on / ahead*
Droite	–	*Right*
Gauche	–	*Left*
Demi-tour	–	*U-turn / Half turn*
Jusqu'à	–	*As far as*
Tourner	–	*Turn*
Traverser	–	*Cross*
Rond-point	–	*Traffic circle (US) / Roundabout (UK)*
Chemin	–	*Path / Track*
Carrefour	–	*Crossroad*
Passez devant	–	*Go past*
À côté de	–	*Next to*
Passage piéton	–	*Crosswalk (US) / Pedestrian crossing (UK)*
Trottoir	–	*Sidewalk (US) / Pavement (UK)*
À	–	*At*
Loin	–	*Far*
Proche	–	*Near*
Dans	–	*In*
Devant	–	*In front of*
Sur	–	*On*
En direction de	–	*Towards*
Carte	–	*Map*
Grande route	–	*Main road*
Suivre	–	*Follow*
Marcher	–	*Walk*
Atteindre	–	*Reach*

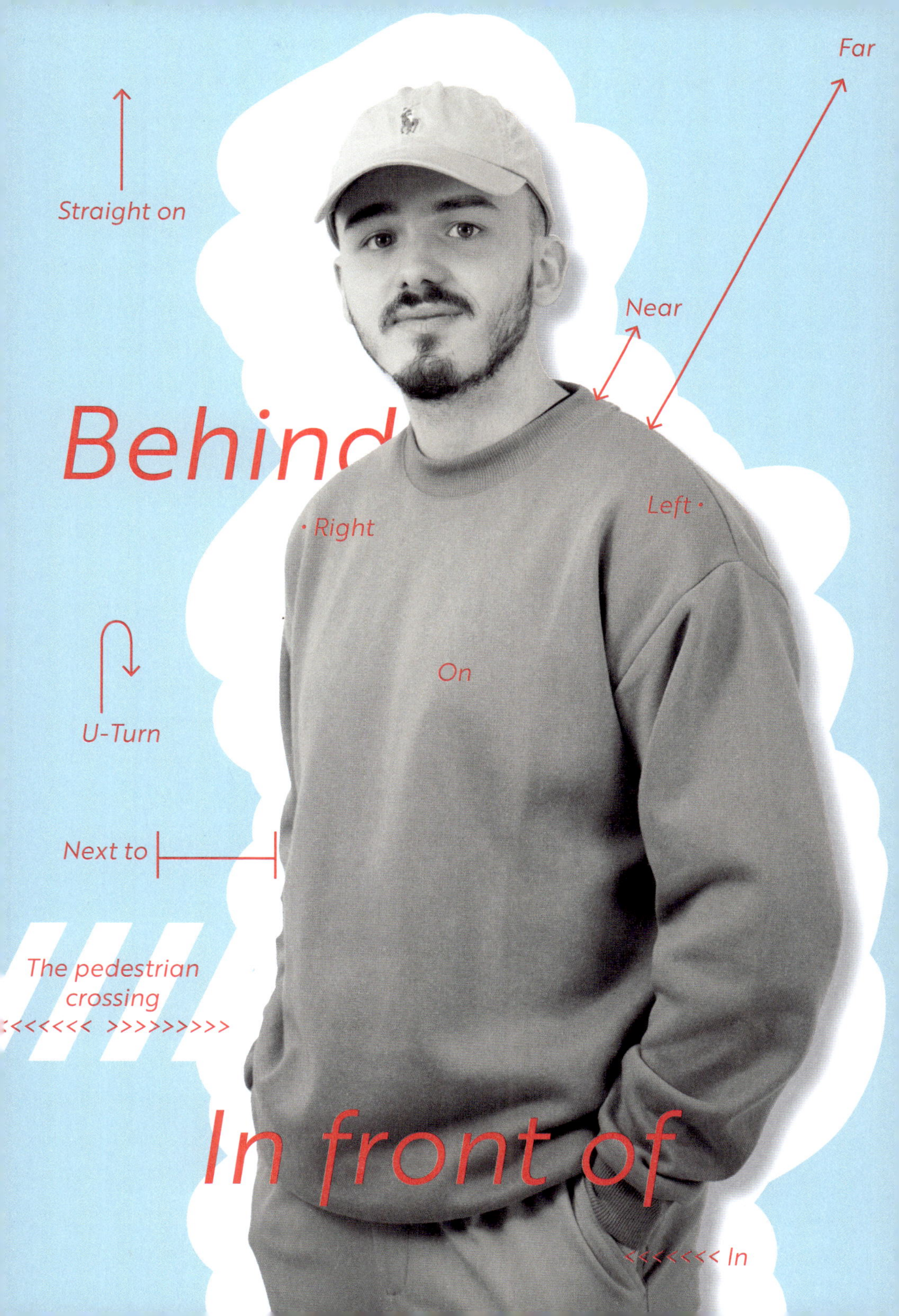
Far
Straight on
Near
Behind
Left
Right
On
U-Turn
Next to
The pedestrian crossing
<<<<<<< >>>>>>>>>
In front of
<<<<<<< In

GRAMMAIRE

LES ARTICLES DÉMONSTRATIFS *THIS / THAT*

T'es-tu déjà demandé quand on utilise *this* et *that* ? Arrêtons-nous sur la nuance qui les différencie. Avant de commencer mon explication, je tiens à dire que même les anglophones ne font pas forcément la différence dans l'usage quotidien et utilisent un peu ces mots au feeling. Mais passons quand même à la théorie !

La différence entre *this* et *that* réside dans une question de distance et d'appréciation.

THIS	THAT
Désigne quelque chose à portée de main	Désigne quelque chose de plus éloigné
Désigne un événement relativement proche	Désigne un événement plus éloigné dans le temps
Désigne quelque chose que tu aimes	Désigne quelque chose que tu n'aimes pas ou que tu aimes moins
Le pluriel est **THESE**	Le pluriel est **THOSE**

Par exemple :

This nice scarf — Cette jolie écharpe

That ugly scarf — Cette horrible écharpe

VOCABULAIRE

LA FAMILLE

Lorsque l'on apprend une nouvelle langue, il est parfois difficile de s'y retrouver dans la masse de vocabulaire à apprendre, et ce même dans des domaines qu'on pourrait considérer comme simples. Je vois souvent des gens en difficulté lorsqu'il s'agit de présenter leur famille, une fois sortis des « maman », « papa », « cousin », « cousine »... Un petit rappel de ce vocabulaire ne peut faire que du bien.

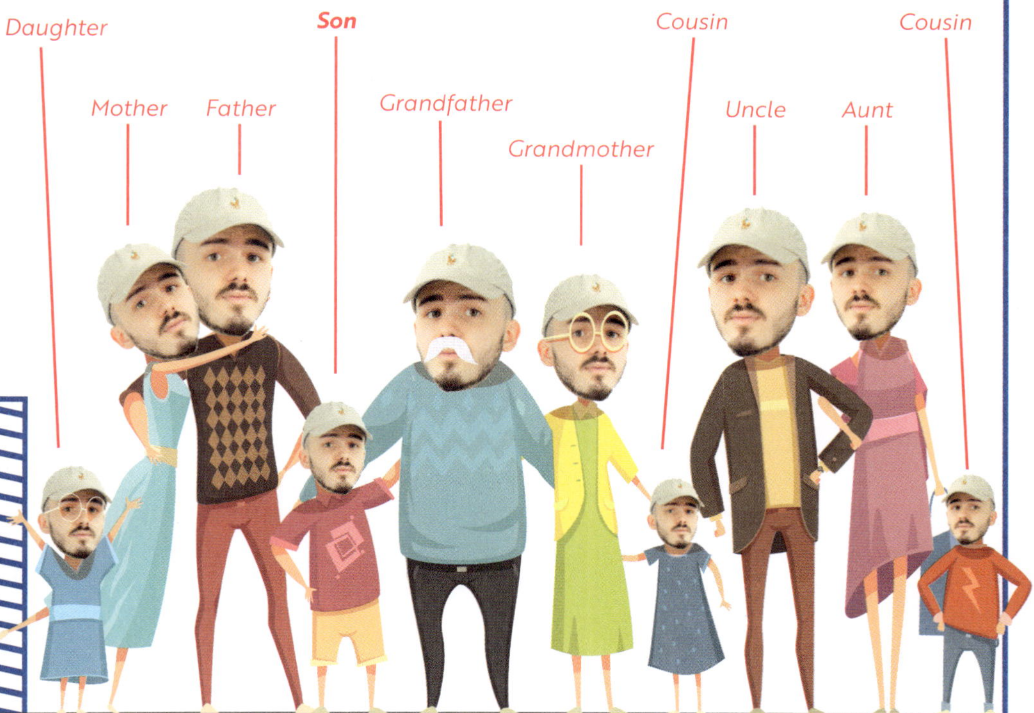

VOCABULAIRE

LA FAMILLE

FRANÇAIS	—	ANGLAIS
Mère	—	*Mother*
Père	—	*Father*
Fils	—	*Son*
Fille	—	*Daughter*
Enfant	—	*Child*
Enfants	—	*Children*
Grand-mère	—	*Grandmother*
Grand-père	—	*Grandfather*
Frère	—	*Brother*
Sœur	—	*Sister*
Frère et sœur	—	*Siblings*
Tante	—	*Aunt*
Oncle	—	*Uncle*
Cousin / cousine	—	*Cousin*
Nièce	—	*Niece*
Neveu	—	*Nephew*
Époux / Épouse	—	*Spouse*
Mari	—	*Husband*
Femme	—	*Wife*
Conjoint	—	*Partner*
Beau-parents	—	*In-laws*
Belle-mère	—	*Mother-in-law (mère du conjoint)* *Stepmother (nouvelle femme du père)*
Beau-père	—	*Father-in-law (père du conjoint)* *Stepfather (nouveau mari de la mère)*
Demi-frère	—	*Stepbrother / Half-brother*
Demi-sœur	—	*Stepsister / Half-sister*

LE PLURIEL DES NOMS

Avant de lister les différents pluriels irréguliers, rappelons déjà comment fonctionnent les pluriels réguliers en anglais.

LES PLURIELS RÉGULIERS

En anglais, tout dépend de la terminaison des mots, mais la règle reste simple : pluriel = « *s* ».

Dog – *dogs*

Cat – *cats*

Fact – *facts*

Dans le cas où le mot au singulier finit déjà par « s » ou bien par « x », « z », « ch », « sh », alors on rajoutera « *es* ».

Wish – *wishes*

Kiss – *kisses*

Box – *boxes*

Dans le cas où les mots finissent par une consonne suivie d'un « y », le « y » disparaît et est remplacé par « *ies* ».

City – *cities*

Baby – *babies*

Cry – *cries*

Mais, dans le cas où les mots finissent par une voyelle suivie d'un « y », alors, on ajoute un « *s* ».

Day – *days*

Toy – *toys*

Il y a aussi le cas des mots qui finissent en « o », qui eux auront une terminaison en « *es* ».

Potato – *potatoes*

Tomato – *tomatoes*

Mais, dans certains cas – notamment le cas des noms d'origines étrangères –, la terminaison se fera sans « *e* » :

Photo – *photos*

GRAMMAIRE

LES PLURIELS IRRÉGULIERS

Il peut y avoir des irrégularités dans les irrégularités. Je prends l'exemple de *fish*. Ce mot, qui veut dire « poisson », lorsqu'il sera mis au pluriel restera *fish*. MAIS il peut aussi devenir *fishes* si on parle de plusieurs espèces de poissons dans le domaine scientifique.

Une fois que tu connaîtras ces mots, tu n'auras plus aucun souci.

PLURIEL EN « *VES* »

Pour les mots qui finissent en « f », cette lettre laissera sa place à un « v » + « es » :

Thief — *thieves*

Calf — *calves*

Pour les mots qui finissent en « fe », le pluriel se fera en « ves » :

Wife — *wives*

PLURIEL IDENTIQUE AU SINGULIER

Certains mots, eux, ne changent pas du tout lors du passage du singulier au pluriel. On a déjà vu l'exemple de *fish*, mais cette règle s'applique aussi à des mots comme :

Sheep

Deer

Species

Aircraft

PLURIEL PARTICULIER

Au contraire, certains autres mots changent complètement de forme :

Child — *children*

Ox — *oxen*

Goose — *geese*

Sur la page suivante, je te propose une liste de pluriels irréguliers faciles à mémoriser.

VOCABULAIRE

LES PLURIELS IRRÉGULIERS

FRANÇAIS SINGULIER		ANGLAIS SINGULIER	ANGLAIS PLURIEL
Un avion	–	*An aircraft*	*Aircraft*
Un bœuf	–	*An ox*	*Oxen*
Un cerf	–	*A deer*	*Deer*
Un critère	–	*A criterion*	*Criteria*
Un dé	–	*A die*	*Dice*
Un enfant	–	*A child*	*Children*
Un homme	–	*A man*	*Men*
Un mouton	–	*A sheep*	*Sheep*
Un moyen	–	*A means*	*Means*
Un penny	–	*A penny*	*Pence*
Un phénomène	–	*A phenomenon*	*Phenomena*
Un pied	–	*A foot*	*Feet*
Un poisson	–	*A fish*	*Fish*
Un pou	–	*A louse*	*Lice*
Un saumon	–	*A salmon*	*Salmon*
Une analyse	–	*An analysis*	*Analyses*
Une base	–	*A basis*	*Bases*
Une crise	–	*A crisis*	*Crises*
Une dent	–	*A tooth*	*Teeth*
Une espèce	–	*A species*	*Species*
Une femme	–	*A woman*	*Women*
Une hypothèse	–	*A hypothesis*	*Hypotheses*
Une oie	–	*A goose*	*Geese*
Une série	–	*A series*	*Series*
Une souris	–	*A mouse*	*Mice*
Une thèse	–	*A thesis*	*Theses*
Une truite	–	*A trout*	*Trout*

ÉQUIVALENTS À *I'M FINE*
JE VAIS BIEN

TU PASSES UNE JOURNÉE COMPLIQUÉE

Quelqu'un vient te demander comment tu vas alors que tu es super fatigué. Tu pourrais répondre que ça va, mais autant dire la vérité avec un brin de dérision :

Yeah, I'm alive. — Ouais, je suis en vie.

TU TE SENS RELATIVEMENT BIEN

Alors, autant être optimiste et dynamique...

Doing great. — Au top.

Pretty good. — Très bien.

EN PLEINE JOURNÉE

Restons prudents... La journée n'est pas finie...

So far, so good. — Jusqu'ici, tout va bien.

Voir aussi Équivalents à *I'm not well* (Je ne vais pas bien) page 76.

LES QUESTION TAGS

Avant d'entrer dans des explications très détaillées avec des exemples, pars du principe que cette notion correspond à « n'est-ce pas » en français. Il y a deux règles principales à respecter :

LE SYSTÈME DE PÔLES

Si je commence à te parler de pôles, tu vas certainement froncer les sourcils, mais en réalité, rien de bien compliqué. On va parler de pôles positif et négatif :

– si la déclaration est positive, alors, le *question tag* sera négatif.

– si la déclaration négative est négative, alors, le *question tag* sera positif.

C'est pour ça que l'on parle de « pôles » comme pour une pile : le positif sera toujours associé au négatif, et inversement.

	DÉCLARATION NÉGATIVE		***TAG POSITIF***
You	***aren't***	*a total beginner,*	***are** you?*

	DÉCLARATION POSITIVE		***TAG NÉGATIF***
They	***are***	*late,*	***aren't** they?*

LES AUXILIAIRES MODAUX ET LES AUXILIAIRES *HAVE*, *DO* ET *BE*

Lorsque tu as recours au *question tag*, il faut TOUJOURS reprendre l'auxiliaire ou le modal de la phrase principale. Si aucun auxiliaire ou modal n'a été utilisé, alors, emploie *do* (ou *did* si la phrase est au prétérit).

Il suffit ensuite de reprendre également le pronom sujet de ta phrase, et ton *question tag* est prêt !

Passons maintenant aux exemples concrets pour que tu puisses bien tout comprendre.

Exemples

1. Pour ce premier exemple, on va partir du principe qu'on a une **question positive sans auxiliaire ni modal**. Si tu as bien tout compris, on va donc y répondre avec un *question tag* négatif et l'auxiliaire *do*, ce qui va nous donner :

He went there, DIDN'T he ? — Il est allé là-bas, n'est-ce pas ?

On a donc bien *do* au prétérit (car on suit le temps de la question), et on reprend bien le pronom, he.

2. Prenons maintenant l'exemple de l'auxiliaire *do* au présent, dans une question négative.

You don't like that, DO you? — Tu n'aimes pas ça, n'est-ce pas ?

On récapitule…

1. He has got a cat, *hasn't he* ?

2. He will come tonight, *won't he* ?

3. We should be there, *shouldn't we* ?

4. They can't do that, *can they* ?

5. She wasn't sick, *was she* ?

6. They won't come, *will they* ?

PENSE AUSSI À L'INTONATION

Si l'intonation monte quand tu prononces le question tag, cela signifie que tu attends une réponse Oui / Non.

Si l'intonation descends, alors tu souhaites une confirmation de ton intuition de la part de ton interlocuteur et même engager encore plus la conversation sur le sujet.

Exemples :

You are planning a trip to New York, aren't you?

Tu ne sais pas vraiment si la personne prévoit de partir.

You're planning a trip to New York, aren't you?

Tu sais qu'elle est en train d'organiser son voyage, mais tu attends qu'elle t'en dise plus sur ce qu'elle va faire là-bas.

PARLER : *SPEAK* OU *TALK* ?

Speak et talk sont souvent utilisés de manière interchangeable en anglais pour signifier « parler », mais il existe des différences subtiles dans leur usage.

SPEAK

Ce verbe se réfère à l'acte de parler, à la capacité ou à l'action de produire des mots.

Il est aussi utilisé dans des contextes assez formels ou pour indiquer une communication unidirectionnelle (comme un discours ou une conversation officielle).

Par exemple :

I speak English and French. — Je parle anglais et français.

He will speak at the conference. — Il prendra la parole lors de la conference.

Can I speak to the manager? — Est-ce que je peux parler au responsable ?

TALK

Ce verbe est plus informel et fait référence à une conversation ou un échange verbal entre deux personnes ou plus.

Il est surtout utilisé dans des situations quotidiennes, pour souligner une interaction.

Par exemple :

We talked about the movie last night. — On a parlé du film hier soir.

Can we talk for a minute? — Peut-on se parler une minute ?

DIRE : *SAY* OU *TELL* ?

Say et *tell* signifient tous deux « dire », mais ils s'utilisent différemment en termes de structure et de contexte.

SAY

Ce verbe, d'un registre neutre, met l'accent sur les mots prononcés et peut être utilisé pour rapporter des paroles sans spécifier à qui elles sont adressées. *Say* est souvent suivi de ce qui a été dit ou d'une citation directe.

Par exemple :

He said that he was tired. — Il a dit qu'il était fatigué.

She said hello. — Elle a dit bonjour.

Pour introduire la personne à laquelle on parle, *say* est toujours suivi de *to*.

*What did you say **TO** her?* — Qu'est-ce que tu lui as dit ?

TELL

Ce verbe met l'accent sur la transmission d'une information, d'instructions ou d'un message à quelqu'un. Il s'utilise pour indiquer à qui l'on dit quelque chose.

Il est toujours suivi d'un **complément d'objet direct** (la personne à qui l'on parle) et peut aussi être suivi de ce qui a été dit.

Par exemple :

He told me he was tired. — Il m'a dit qu'il était fatigué.

Can you tell her the news? — Peux-tu lui dire la nouvelle ?

Tell s'utilise dans des expressions toutes faites comme *tell the truth* (dire la vérité), *tell a story* (raconter une histoire).

LES PRÉPOSITIONS DE LIEU *IN*, *ON* ET *AT* DANS, SUR ET À

Les trois prépositions *in*, *on* et *at* sont très souvent sources d'erreurs.

Pour savoir quelle préposition choisir lorsque tu parles d'un lieu, pose-toi ces questions simples :

· Tu parles de quelque chose qui est ***au-dessus*** d'une autre ? D'une rue ou d'une avenue ?

Alors utilise ***on***.

Par exemple :

I live on ... street. — J'habite dans la rue...

Do you like anything on the menu? — Est-ce qu'il y a quelque chose qui te plaît sur ce menu ?

• Tu veux parler de quelque chose avec ***précision*** ? De quelque chose qui est présent ***sans mouvements*** ? Un ***lieu précis*** ?

Alors utilise ***at***.

Par exemple :

I'm working at the mall. — Je travaille au centre commercial.

He's at the door. — Il est à la porte.

• Tu veux parler d'un ***espace clos*** ? D'une présence à l'***intérieur*** de quelque chose ? D'un ***pays*** ou ***d'une ville*** ?

Alors utilise ***in***.

Par exemple :

I left my phone in the car. — J'ai laissé mon téléphone dans la voiture.

They are in the shop. — Ils sont dans le magasin.

She's in France this weekend. — Elle est en France ce week-end.

On récapitule…

1. They are staying at the hotel.

Explication : on parle bien d'un lieu précis : l'hôtel, donc *at*.

2. She lives in Paris.

Explication : on parle d'une d'une ville, donc *in*.

3. I left my phone on the bed.

Explication : le téléphone est « sur » le lit, donc au-dessus d'une autre chose. C'est l'exemple parfait de l'emploi de *on*.

4. He puts the flowers in the vase.

Explication : ici, les fleurs sont « à l'intérieur » du vase, donc, pas de question à se poser : on utilise *in*.

5. We will see you at the concert.

Explication : le concert est un événement qui se tient dans un lieu précis.

6. The dog is lying on the couch.

Explication : le chien est allongé « sur » le canapé, donc pas de question à se poser, c'est le même cas de figure que la phrase numéro 3.

AUTRES PRÉPOSITIONS DE LIEU

In front of
the box

Behind
the box

Next to
the box

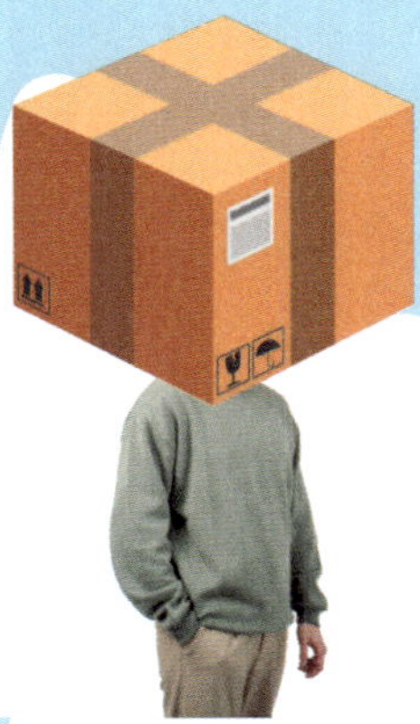

Under
the box

On
the box

Far from
the box

Between
the boxes

Above
the box

Near
the box

Among
the boxes

Below
the box

In
the box

LES PRÉPOSITIONS DE TEMPS *AT*, *ON* ET *IN*

On va reprendre le même schéma que page 54 pour que tu puisses bien comprendre. Trois questions simples auxquelles répondre pour savoir quelle préposition utiliser dans quel contexte.

• Tu veux donner **l'heure** ? Parler d'un **moment de la journée** ?

Alors utilise ***at***.

Par exemple :

I will join you at 6 p.m. — Je vous rejoins à 18h00.

I love walking at night. — J'aime marcher la nuit.

• Tu veux parler de ***jours*** et de ***dates spécifiques*** ? Que ce soit de simples jours ou bien des ***anniversaires*** ?

Alors utilise ***on***.

Par exemple :

He will be there on my birthday. — Il viendra à mon anniversaire.

The party is on Friday. — La fête est vendredi.

• Tu veux être plus large sur le laps de temps ? Parler de ***mois, de saison*** ou ***d'années*** ? Ou bien encore d'une **période** ?

Alors utilise ***in***.

Par exemple :

It was cold in the morning. — Il faisait froid le matin.

I went there in 2020. — Je suis venu en 2020.

We're going to meet in an hour. — Nous allons nous retrouver dans une heure.

On récapitule…

1. We ski **in** the winter.

Explication : ici on parle de quoi ? D'une **période** et plus précisément d'une **saison** ; donc, si on se réfère aux questions qu'il faut se poser, on est totalement dans la situation où il faut utiliser *in*.

2. I will come **at** Christmas.

Explication : ici on parle bien d'un **moment spécifique**, on est donc bien dans le cas de figure d'emploi de *at*.

3. The meeting will be held **on** Monday.

Explication : ici, on est dans le cas de figure d'une **date** et plus précisément d'un **jour**, donc on utilise *on*.

4. I met him **in** 2017.

Explication : plutôt simple… Tu vois une année ? Aucun doute sur l'emploi de *in*.

5. The flowers bloom **in** spring.

Explication : on parle d'une **saison,** et donc par extension d'une **période**. C'est donc *in* qu'il faut utiliser ici.

6. The meeting starts **at** 9 am.

Explication : on parle d'une **heure**, donc pas de doute : on utilise *at*.

AU MAGASIN DE VÊTEMENTS

SITUATION

Voici le contexte : tu viens d'arriver dans un pays étranger et ta valise a été perdue au moment du transit. Pas de chance. Il faut te refaire une petite garde-robe, ne serait-ce que des pantalons, le temps que la valise arrive à bon port. On y va ? Voici un dialogue entre un vendeur et son client (potentiellement toi !). Tu trouveras à la double page suivante le vocabulaire des vêtements.

— *Um, hi. I want... buy, uh... pantalon.*

— *Oh, sure! Are you looking for trousers?*

— *Yes, yes! trousers, yes.*

— *Okay, we have a variety of styles and sizes. Are you looking for something specific?*

— *A pair of light blue trousers will do.*

— *Alright, let me show you some models. What's your size? 8 or 10, I would say...*

— *I don't know. In France I wear a size 40.*

— *No problem, we can check your size. Do you want to try this one on?*

— *Yes, please. I like it.*

— *Here, come with me to the fitting room.*

— *Oh okay. Thank you.*

— *You're welcome! Let me know if you need any help while trying it on.*

— *Sir, is it the rignt size?*

— *Yes, the trousers fit me well. I'll take them.*

— Bonjour. Heu, je voudrais acheter un *pantalon.*

— Oh, bien sûr ! Vous cherchez un pantalon ?

— Oui, oui ! c'est ça un pantalon.

— D'accord, nous avons plusieurs modèles dans toutes les tailles. Vous cherchez quelque chose de précis ?

— Un pantalon bleu clair fera l'affaire.

— D'accord, laissez-moi vous montrer quelques modèles. Connaissez-vous votre taille ? 8 ou 10, je dirai...

— Je ne sais pas. En France, je fais du 40.

— Pas de problème, nous pouvons vérifier votre taille. Voulez-vous essayer celui-ci ?

— Oui, merci, il me plaît bien.

— Venez avec moi à la cabine d'essayage.

— Oh, d'accord. Je vous remercie.

— Il n'y a pas de quoi ! Dites-moi si vous avez besoin d'aide pendant que vous l'essayez.

— Monsieur, est-ce que c'est la bonne taille ?

— Oui le pantalon est à ma taille, je le prends.

VOCABULAIRE

LE SHOPPING

FRANÇAIS	—	ANGLAIS
Bonnet	—	*Beanie*
Ceinture	—	*Belt*
Bottes	—	*Boots*
Soutien-gorge	—	*Bra*
Casquette	—	*Cap*
Caddie / chariot	—	*Cart (US) / Trolley (UK)*
Espèces	—	*Cash*
Caissier / caissière	—	*Cashier*
Cabine d'essayage	—	*Changing room*
Caisse	—	*Checkout*
File d'attente	—	*Checkout lane*
Vêtements	—	*Clothes*
Manteau	—	*Coat*
Carte de crédit	—	*Credit card*
Client / cliente	—	*Customer*
Réduction	—	*Discount*
Robe	—	*Dress*
Échange	—	*Exchange*
Essayage	—	*Fitting*
Étage	—	*Floor*
Gants	—	*Gloves*
Cintre	—	*Hanger*
Chapeau	—	*Hat*
Sweat à capuche	—	*Hoodie*

Carte de fidélité	–	*Loyalty card*
Culotte	–	*Panties (US) / Knickers (UK)*
Pantalon	–	*Pants (US) / Trousers (UK)*
Paiement	–	*Payment*
Prix	–	*Price*
Portant	–	*Rack*
Imperméable	–	*Raincoat*
Ticket de caisse	–	*Receipt*
Remboursement	–	*Refund*
Retour	–	*Return*
Soldes	–	*Sales*
Vendeur / vendeuse	–	*Salesperson (US) / Shop assistant (UK)*
Écharpe	–	*Scarf*
Chemise	–	*Shirt*
Taille	–	*Size*
Jupe	–	*Skirt*
Baskets / chaussures	–	*Sneakers / shoes / trainers*
Chaussettes	–	*Socks*
Costume	–	*Suit*
Pull	–	*Sweater (US) / Jumper (UK)*
Maillot de bain	–	*Bikini (maillot deux-pièces)* *Swimming costume (une pièce – femmes)* *Swimming trunks (hommes)*
Étiquette	–	*Tag*
Caleçon	–	*Trunks*
Col roulé	–	*Turtleneck*
Portefeuille	–	*Wallet*

Gloves
Turtleneck
Scarf
Coat
Hat
Hoodie
Cap
T-shirt
Shoes
Pants
Socks
Sweater
Boots

3 CONSEILS DE PRONONCIATION

Est-ce que tu as des complexes à cause de ta prononciation de l'anglais ? Est-ce que tu as peur de prendre la parole pour cette raison ? Si oui, alors laisse-moi te dire que les personnes anglophones y accordent très peu d'importance. Tu seras davantage confronté au jugement des Français, finalement assez mal placés pour te faire la leçon... Alors, ne t'occupe pas d'eux : parle, progresse fièrement !

Voici trois conseils de prononciation que j'aurais bien aimé recevoir quand j'ai commencé à apprendre l'anglais ! Ils te permettront de prendre confiance en toi.

CONSEIL N° 1 : POUR LA PRONONCIATION DE *TH*

Aussi bizarre que cela puisse paraître, si tu veux mieux prononcer ce son, alors munis-toi d'une feuille de PQ. Prenons deux mots pour réaliser l'expérience du jour : *Think / Sink* (l'un comporte le son *th*, l'autre avec le son *s*). Tu vas tout simplement mettre la feuille de PQ devant ta bouche. Lorsque tu prononces un mot avec le son *th*, tu dois pincer la langue et laisser passer l'air. La feuille de PQ doit bouger, tandis que lorsque tu prononces *sink* la feuille doit rester immobile. Une méthode de prise de conscience toute simple.

CONSEIL N° 2 : POUR LA PRONONCIATION DE *I*

En anglais, on a des *i* courts et des *i* longs. Une prononciation aléatoire conduit à des malentendus avec les personnes anglophones. Prenons un exemple : *beach* et *bitch*. Tu t'en doutes, ce serait un peu embêtant de confondre un mot qui veut dire « plage » avec un mot d'insulte. En fait, dans le cas de *beach*, tu as un *i* long : c'est celui qui se rapproche le plus du *i* français. Il ne faut pas hésiter à faire un son bien allongé à l'inverse du *i* court, présent dans *bitch*, qui se rapproche bien plus du é français.

CONSEIL N° 3 : POUR LA PRONONCIATION DE O

Même préconisation que ci-avant. Prenons le mot « coca », *coke* en anglais et le mot un peu moins poli : *cock*. Ce serait idiot de commander un coca en disant l'autre mot...

En anglais, il faut veiller à bien rouler certains sons. Dans le cas de *coke*, rapproche-toi (en exagérant) de *coooowke*, tandis que pour « cock », rapproche-toi du mot français pour désigner notre volatile emblématique : *coq*.

4 ERREURS COMMUNES

Voici ce que j'entends le plus souvent dans la bouche des francophones qui apprennent l'anglais ou qui tentent de parler en anglais.

ERREUR NUMÉRO 1 : *I HAVE*... OU *I AM*... ?

Quand il s'agit de donner son âge... En français on « a » son âge, on le « possède », en quelque sorte : « J'**AI** 24 ans ». En anglais, on « est » son âge : *I **AM** 24 years old.*

ERREUR NUMÉRO 2 : *I'M AGREE* OU *I AGREE* ?

I'm agree... Une traduction mot à mot erronée. En anglais, il existe un verbe, *to agree*. *I agree* : « Je suis d'accord ».

ERREUR NUMÉRO 3 : *I WIN*... OU *I EARN*... ?

Quand les francophones commencent à parler travail en anglais, il y aura toujours un moment où viendra la question des revenus et, dans ce contexte, j'entends très souvent : *I win 1,200 euros*. Or, en anglais, le verbe *to win* s'emploie pour parler de gains aux jeux ou de victoire. Si on veut parler de gains financiers par le travail, on utilise le verbe *to earn* ou bien *to make* : « gagner » ou « faire » (un montant d'argent). *I earn 1,200 euros per month*.

ERREUR NUMÉRO 4 : *WAS* OU *WERE* ?

Une erreur hyper fréquente est de ne pas faire la différence entre *was* et *were*. Pense à la conjugaison de *to be* au prétérit :

I was

You were

She / he / it was

We were

You were

They were

Il y a cependant une exception : l'expression hypothétique *If I **were**...* (et non *If I was*).

If I were you, I would go to the doctor. — Si j'étais toi, j'irais chez le médecin.

VOCABULAIRE

LES FAUX AMIS

Connais-tu l'adverbe *actually* » ? Tu es tenté de le traduire par « actuellement », mais... ce mot est un « faux ami ». Il signifie « vraiment », « en fait », « en réalité ». Ci-dessous, je te propose une liste des faux amis les plus courants.

FRANÇAIS — FAUX AMIS		TRAD FAUX AMIS	TRAD CORRECTE
Actuellement —	*Actually*	En réalité	*Currently*
Affaires —	*Affair*	Liaison amoureuse	*Business*
Assister à —	*To assist*	Aider	*To attend*
Attendre —	*To attend*	Assister à	*To wait*
Collège —	*College (US)*	Université	*Middle school (US) / Secondary school (UK)*
Déception —	*Deception*	Tromperie / / supercherie	*Disappointment*
Demander —	*To demand*	Exiger	*To ask*
Engagé —	*Engaged*	Fiancé	*Involved*
Éventuellement —	*Eventually*	Finalement	*Possibly*
Évidence —	*Evidence*	Preuve	*Obvious fact*
Grave —	*Grave*	Tombe	*Serious*
Journée —	*Journey*	Voyage	*Day*
Chance —	*Chance*	Hasard	*Luck*
Librairie —	*Library*	Bibliothèque	*Bookstore (US) / Bookshop (UK)*
Proposer —	*To propose*	Demander en mariage	*To offer*
Rester —	*To rest*	Se reposer	*To stay*
Résumer —	*To resume*	Recommencer	*To sum up*

COMBIEN : *HOW MUCH* OU *HOW MANY* ?

J'espère que tu as bien retenu la leçon sur les noms dénombrables et indénombrables *(page 34)*, car elle va te servir encore.

HOW MUCH?

1. Lorsque tu veux parler d'un **prix**, la question ne se pose pas : ce sera toujours *how much*.

How much is it? — Combien ça coûte ? / C'est combien ?

2. Avec les noms **indénombrables** aussi, tu utiliseras toujours *how much*.

Par exemple :

How much time do we have? — Combien de temps avons-nous ?

How much money do you have? — Combien d'argent as-tu ?

HOW MANY?

À l'inverse, tu l'auras compris, *how many* est utilisé avec des noms **dénombrables**.

Par exemple :

How many books did you read? — Combien de livres as-tu lus ?

How many people are at the party? — Combien de personnes participent à la fête ?

On récapitule...

1. How much is this TV?

Explication : ici on demande un **prix**, donc pas de question à se poser : c'est sans conteste *how much*.

2. How much water should I drink each day?

Explication : ici le mot *water* est un nom **indénombrable**, donc *how much* ; c'est aussi simple que ça !

3. How many hours do you work today?

Explication : *hours* est un nom **dénombrable**, donc *how many*.

4. How many cups of tea do you drink on a daily basis?

Explication : encore une fois, ici, on a un nom **dénombrable**, donc *how many*.

5. How much does this dress cost?

Explication : même cas de figure que notre premier exemple, on parle ici d'un **prix**, donc *how much*.

6. How much homework do you have for tomorrow?

Explication : pour ce dernier exemple, *homework* étant un nom **indénombrable**, on utilise encore une fois *how much*.

AU RESTAURANT

Quelques pages plus tôt *(voir page 60)*, tu t'es mis dans la peau d'un touriste contraint d'acheter des vêtements après la perte de sa valise. Après pareille mésaventure, quoi de mieux qu'un bon repas au restaurant ? Allez, on y va !

— Hi, I'd like to order a chicken kebab, please.
— Sure! Would you like any sides with that?
— Yes, could I get some fries, please?
— Of course. Would you like to order anything else? Something to drink?
— I'll have a bottle of water, please.
— Great! Will that be all?
— Yes, that's all, thanks.
— Alright. Would you like to pay cash or by card?
— By card, please.
— Okay, here you go. I'll bring your order to your table in a few minutes.
— Thank you!

— Bonjour, je voudrais commander un kebab au poulet, s'il vous plaît.
— Bien sûr ! Voulez-vous un accompagnement ?
— Oui, je pourrais avoir des frites, s'il vous plaît ?
— Bien entendu. Voulez-vous autre chose ? Une boisson ?
— Je vais prendre une bouteille d'eau, s'il vous plaît.
— Super ! Ce sera tout ?
— Oui, c'est tout, merci.
— Très bien. Vous souhaitez payer en espèces ou par carte ?
— Par carte, s'il vous plaît.
— D'accord, voici. Je vous apporterai votre commande à votre table dans quelques minutes.
— Merci beaucoup !

Avec peu de vocabulaire, tu peux t'en sortir. Pars du principe que le personnel fera de son mieux pour te comprendre. Et n'hésite pas à te servir de tes mains pour mimer, à pointer du doigt les plats de tes voisins de table, à indiquer les plats sur la carte... Retrouve le lexique du restaurant à la page suivante.

VOCABULAIRE

LE SERVICE AU RESTAURANT

FRANÇAIS		ANGLAIS
À emporter	—	*Take out (US) / To go (US) / Take away (UK)*
À point	—	*Medium rare*
Addition	—	*Check (US) / Bill (UK)*
Allergique	—	*Allergic*
Avez-vous fait votre choix ?	—	*Have you made your choice?*
Bien cuit	—	*Well done*
Bleu	—	*Rare*
Boisson	—	*Beverage / Drink*
C'était parfait, merci	—	*It was perfect, thank you!*
Café	—	*Coffee*
Ce sera tout, merci	—	*That will be all, thank you*
Client	—	*Customer*
Combien je vous dois ?	—	*How much do I owe you?*
Commande	—	*Order*
Couteau	—	*Knife*
Cuillère	—	*Spoon*
Dessert	—	*Dessert*
Eau pétillante	—	*Sparkling water*
Eau plate	—	*Still water*
Entrée	—	*Appetizer (US) / Starter (UK)*
Fourchette	—	*Fork*
Gardez la monnaie	—	*Keep the change*
Je vais vous prendre…	—	*I'll have…*

L'addition, s'il vous plaît	–	*The check (US) / bill (UK) please*
Menu	–	*Menu*
Pain	–	*Bread*
Plat	–	*Dish*
Plat du jour	–	*Dish of the day / Daily special*
Plat principal	–	*Main course*
Poivre	–	*Pepper*
Pouvez-vous diviser l'addition en deux ?	–	*Can you split the bill in two?*
Pouvons-nous avoir un pichet d'eau ?	–	*Can we have a pitcher (US) / jug (UK) of water?*
Pouvons-nous commander ?	–	*Can we order?*
Recuire	–	*Re-cook*
Repas	–	*Meal*
Restaurant	–	*Restaurant*
Saignant	–	*Rare*
Sans gluten	–	*Gluten free*
Savoureux	–	*Tasty*
Sel	–	*Salt*
Serveur / serveuse	–	*Waiter / Waitress*
Serviette	–	*Napkin*
Sur place	–	*Eat in / here*
Sur place ou à emporter ?	–	*To eat here or to take out? (US) / To eat in or take away? (UK)*
Végétarien	–	*Vegetarian*
Vin	–	*Wine*

"Can we have jug of water?"
"Can you split the bill in two?"
"The bill, please!"
Medium rare?
Well done?
Rare?
Meat

Vegetable
Bread
Fruit
Avocado
Juice
Fork
Butter
Knife
Cheese
Cucumber
Parsley
Sausage
Eggs
Daily special
Milk
Jam
Coffee
Spoon

VOCABULAIRE

ÉQUIVALENTS À *I'M NOT WELL*
JE NE VAIS PAS BIEN

TU NE VEUX PAS ENTRER DANS LES DÉTAILS

Alors, tu pourrais dire :

I've been better. — J'ai connu mieux.

TU DÉPRIMES

Si vraiment ça ne va pas du tout, voici une expression en anglais qui décrit bien un état de tristesse et de vide :

I'm feeling blue. — Je n'ai pas le moral.

TU ES MALADE

Plusieurs options en fonction de ton état de santé :

1. Tu as un rhume (ou toute autre pathologie et dans ce cas tu préciseras le bon mot) :

— *I have a headache .* — J'ai mal à la tête..

2. Tu ne sais pas trop ce que tu as, tu veux juste dire que tu te sens un peu malade :

— *I'm not feeling well.* — Je ne me sens pas très bien.

Voir aussi Équivalents à *I'm fine* (Je vais bien) page 48.

LES PHRASAL VERBS (1) : *TO LOOK*

Les *phrasal verbs* (« verbes à particule » en français), ça te dit quelque chose ? Si tu les utilises bien, tu gagnes immédiatement en naturel dans ta conversation en anglais.

Un *phrasal verb* est un verbe suivi d'une particule (adverbiale ou prépositionnelle). Selon la combinaison, le sens d'un même verbe change du tout au tout et ses déclinaisons sont multiples.

Prenons le verbe *to look*...

Look up (chercher / consulter quelque chose)

I need to look up the meaning of this word in the dictionary.

— Je dois chercher la signification de ce mot dans le dictionnaire.

Look after (surveiller / s'occuper de quelqu'un / quelque chose)

Can you look after my cat while I'm away for the weekend?

— Peux-tu t'occuper de mon chat pendant mon absence ce week-end ?

Look out (faire attention à quelque chose)

Look out! There's a car coming your way.

— Fais attention ! Une voiture arrive dans ta direction.

Look forward to (attendre quelque chose avec impatience)

I look forward to seeing you at the party next Saturday.

— J'ai hâte de te voir à la fête samedi prochain.

Look back (revenir en arrière sur quelque chose / repenser à quelque chose)

When I look back on my childhood, I realise how much fun we had.

— Quand je repense à mon enfance, je réalise combien nous nous sommes amusés.

Look into (examiner / enquêter sur quelque chose)

The police are looking into the cause of the fire.

— La police enquête sur la cause de l'incendie.

GRAMMAIRE

Look through (examiner / passer en revue quelque chose rapidement)
I'll look through these documents and get back to you.
— Je vais parcourir ces documents et je reviens vers toi.

Look down on (regarder quelqu'un avec mépris)
She tends to look down on people who don't share her opinions.
— Elle a tendance à mépriser les gens qui ne partagent pas ses opinions.

Look up to (admirer / respecter)
She looked up to her elder sister.
— Elle admirait sa sœur aînée.

Comme je suis là pour te soutenir dans toutes les situations, j'ai regroupé des verbes à particule dans un tableau. C'est une première série ! D'autres vont suivre dans ce livre.

DES PHRASAL VERBS À RETENIR

VERBES		DÉFINITIONS
Answer back	–	Répondre
Ask for	–	Demander / solliciter
Break up	–	Rompre
Bring back	–	Rapporter / ramener
Bring down	–	Réduire
Call back	–	Rappeler
Call off	–	Annuler (quelque chose)
Carry on	–	Continuer
Find out	–	Découvrir
Give away	–	Faire un don
Give back	–	Rendre
Go on	–	Poursuivre / continuer
Keep away	–	Rester à l'écart
Keep on	–	Continuer
Pick up	–	Aller chercher
Put on	–	Mettre
Put out	–	Sortir
Take away	–	Emporter

VOCABULAIRE

Take out	—	Éliminer
Take back	—	Reprendre
Talk about	—	Parler de
Talk back	—	Répondre (mal), riposter
Talk over	—	Parler de
Turn off	—	Éteindre
Turn on	—	Allumer
Turn around	—	Faire demi-tour
Turn up	—	Monter le volume
Turn down	—	Baisser le volume
Walk in	—	Entrer
Walk off	—	S'en aller
Walk away	—	S'éloigner
Work out	—	Faire de l'exercice

ARGUMENTER EN ANGLAIS

Que ce soit en français ou en anglais, on a tous été confrontés à l'exercice de l'argumentation (de type dissertation), du commentaire de texte à l'oral ou à l'écrit, de la présentation d'un sujet ou encore d'un débat. La clé pour bien démarrer consiste à introduire son propos de manière claire et structurée.

Les débutants ont recours à des expressions comme *The text deals with ; The text is about*. Au niveau avancé, il convient de capter l'intérêt de son auditoire ou de son lectorat en posant la problématique, puis d'apporter des nuances de pensée. Voici cinq idées de phrases introductives.

***1. Following the** announcement of the new policy, many employees expressed their concerns.*

— À la suite de l'annonce de la nouvelle directive, de nombreux employés ont exprimé leurs inquiétudes.

***2. With the significant progress of** artificial intelligence, many industries have undergone a radical transformation.*

— Avec les progrès significatifs de l'intelligence artificielle, de nombreuses industries ont subi une transformation radicale.

***3. The debate surrounding** climate change continues to divide scientists and policymakers.*

— Le débat autour du changement climatique continue de diviser les scientifiques et les législateurs.

***4. In recent years**, there has been a growing awareness of mental health issues in the workplace.*

— Ces dernières années, il y a eu une prise de conscience croissante des problèmes de santé mentale au travail.

***5. The phenomenon of** social media addiction is becoming more prevalent among teenagers.*

— Le phénomène de l'addiction aux réseaux sociaux devient de plus en plus répandu chez les adolescents.

ASTUCES

Puis, vient le moment de présenter tes arguments de façon logique. Avant toute chose, oublions le mot *firstly*. Bien qu'il soit correct, il est la marque de l'apprenant débutant. Il existe bien d'autres expressions plus percutantes et courantes en anglais.

Si tu ne veux pas trop t'éloigner de ton *firstly* par peur de te perdre en utilisant d'autres constructions, je te propose :

First of all — avant toute chose

To begin with — pour commencer

In the first place — en premier lieu

On the one hand — d'une part

Note qu'après un paragraphe commençant par *On the one hand*, on attend une seconde idée introduite par *On the other hand* (d'autre part).

ÉQUIVALENTS À *I THINK*
JE PENSE

TU PARLES DE QUELQUE CHOSE DONT TU N'ES PAS SÛR À 100 %

En français, tu diras :

Il me semble que...

En anglais :

It seems to me...

C'est plutôt passe-partout et on est vraiment sur cette idée de ressenti personnel.

TU DONNES TON OPINION EN QUELQUES MOTS

Si on me demande... — *If you ask me...*

Avec cette construction de phrase, tu peux donner ton avis de manière naturelle et libre dans une conversation.

TU EMPLOIES UNE FAÇON ENCORE PLUS COURANTE POUR EXPRIMER TON OPINION

À mon avis... — *In my opinion* ou *To my mind...*

VOCABULAIRE

LES MOTS DE LIAISON LES PLUS UTILES

FRANÇAIS	—	ANGLAIS
Premièrement	—	*Firstly*
Tout d'abord	—	*First of all*
En premier lieu	—	*In the first place*
Avant tout	—	*First and foremost*
Ensuite	—	*Then*
Puis	—	*Next*
Aussi	—	*Also*
En plus	—	*Additionally*
Finalement	—	*Eventually*
Enfin	—	*Finally*
En outre	—	*Furthermore*
De plus	—	*Moreover*
Par la suite	—	*Subsequently*
En fait, en réalité	—	*Actually / in fact*
De toute façon	—	*Anyway*
À première vue	—	*At first sight*
Dans une certaine mesure	—	*To some extent*
En fait	—	*As a matter of fact, actually*
D'ailleurs	—	*Besides*
En d'autres termes	—	*In other words*
De plus	—	*On top of that*
De même	—	*Similarly*
Aussi	—	*Too*
Par exemple	—	*For instance, for example*
Comme	—	*Like*
Principalement	—	*Mainly*
Notamment	—	*Especially, particularly, in particular*
Tel que	—	*Such as*
D'une part	—	*On the one hand*
D'autre part	—	*On the other hand*

Finally
Anyway
Then
First of all
For instance
Hello

PRÉTÉRIT OU PRESENT PERFECT ?

Le **prétérit** et le **present perfect** sont deux temps anglais qui expriment le passé, mais leur usage diffère en fonction du contexte, surtout en anglais britannique. L'anglais américain est beaucoup plus souple et privilégie le prétérit.

PRÉTÉRIT (SIMPLE PAST)

Le prétérit est utilisé pour parler d'une action terminée dans le passé à un moment précis, généralement accompagné d'un marqueur de temps comme *yesterday*, *last week*, *in 2025*, etc. Il ne met pas l'accent sur l'effet que l'action a dans le présent, mais seulement sur le fait qu'elle s'est déroulée à un moment révolu.

Par exemple :

I visited Japan last year. — J'ai visité le Japon l'année dernière.

L'action est terminée et le moment est clairement défini.

PRÉTÉRIT → **action passée terminée à un moment précis (qui n'a plus de lien avec le présent).** — *I lost my keys yesterday.* — Prétérit, moment précis : hier.

PRESENT PERFECT

Le present perfect est utilisé pour parler d'une action passée qui a une conséquence ou un lien avec le présent, ou lorsque le moment exact de l'action n'est pas précisé.

Par exemple :

I have visited Baltimore. — J'ai visité Baltimore.

On ne précise pas quand exactement, mais l'accent est mis sur le fait que cette expérience est importante ou pertinente dans le présent.

Le present perfect est souvent accompagné de mots comme *ever*, *never*, *just*, *already*, *yet*, *so far*. *(Voir page 184)*.

Par exemple :

I have never been there. — Je n'y suis jamais allé.

PRESENT PERFECT → **action passée dont le moment n'est pas spécifié ou qui a un lien avec le présent.** — *I have lost my keys.* — Present perfect, conséquence dans le présent : je ne les ai toujours pas retrouvées.

LES VERBES IRRÉGULIERS

En ouvrant ce livre, tu t'es sûrement précipité sur les parties consacrées à la grammaire. Tu t'es dit : « Super, je vais trouver des astuces pour mémoriser les verbes irréguliers ! »

Dans ce cas, j'ai une bonne et une mauvaise nouvelle.

La bonne nouvelle, c'est que je vais te parler des verbes irréguliers ; la mauvaise, c'est que... je n'ai pas d'astuces pour toi.

Souvent, quand on parle de grammaire, on parle aussi de par cœur, car il faut dans un premier temps connaître les règles, mais, dans un second temps, il faut aussi connaître les irrégularités, les exceptions, et j'en passe. Et donc, malheureusement, cela s'applique aux verbes irréguliers.

Cela étant dit, j'ai une autre bonne nouvelle : dans les pages suivantes, j'ai recensé les verbes irréguliers dans l'ordre alphabétique, pour te simplifier la tâche.

Mais avant de foncer tête baissée vers les prochaines pages, laisse-moi au moins te donner quelques clés pour comprendre ces verbes irréguliers.

LES DIFFÉRENTES FORMES : INFINITIF, PRÉTÉRIT, PARTICIPE PASSÉ

Dans un tableau de verbes irréguliers, tu verras d'abord le verbe sous sa forme de « base » (infinitif), par exemple : *to sleep, to bring*... Il sera suivi de la forme conjuguée au prétérit. Ensuite, tu trouveras la colonne du participe passé.

Le participe passé a plus d'usages que le prétérit. Il pourra te permettre de construire d'autres temps à un niveau plus avancé, comme le *past perfect*, ou le futur perfect..

Le participe passé permet aussi de construire le *present perfect*, qui te servira à parler d'une action ou d'un événement qui a eu lieu dans le passé, mais qui est encore en cours / a encore un impact sur le présent. *Voir page ci-contre*.

Enfin, dans la dernière colonne, tu trouveras la traduction française du verbe de base.

LES VERBES IRRÉGULIERS

INFINITIF	PRÉTÉRIT	PARTICIPE PASSÉ	—	FRANÇAIS
Arise	*Arose*	*Arisen*	—	S'élever
Be	*Was / Were*	*Been*	—	Être
Beat	*Beat*	*Beaten*	—	Battre
Become	*Became*	*Become*	—	Devenir
Begin	*Began*	*Begun*	—	Commencer
Bend	*Bent*	*Bent*	—	Plier / courber
Bet	*Bet*	*Bet*	—	Parier
Bind	*Bound*	*Bound*	—	Lier
Bleed	*Bled*	*Bled*	—	Saigner
Blow	*Blew*	*Blown*	—	Souffler
Break	*Broke*	*Broken*	—	Casser
Bring	*Brought*	*Brought*	—	Amener
Build	*Built*	*Built*	—	Construire
Burn	*Burnt*	*Burnt*	—	Brûler
Burst	*Burst*	*Burst*	—	Éclater
Buy	*Bought*	*Bought*	—	Acheter
Cast	*Cast*	*Cast*	—	Jeter / Lancer
Catch	*Caught*	*Caught*	—	Attraper
Choose	*Chose*	*Chosen*	—	Choisir
Cling	*Clung*	*Clung*	—	S'accrocher
Come	*Came*	*Come*	—	Venir
Cost	*Cost*	*Cost*	—	Coûter

Creep	*Crept*	*Crept*	–	Ramper
Cut	*Cut*	*Cut*	–	Couper
Deal	*Dealt*	*Dealt*	–	S'occuper de
Dig	*Dug*	*Dug*	–	Creuser
Do	*Did*	*Done*	–	Faire
Draw	*Drew*	*Drawn*	–	Dessiner
Dream	*Dreamt / dreamed*	*Dreamt / dreamed*	–	Rêver
Drink	*Drank*	*Drunk*	–	Boire
Drive	*Drove*	*Driven*	–	Conduire
Eat	*Ate*	*Eaten*	–	Manger
Fall	*Fell*	*Fallen*	–	Tomber
Feed	*Fed*	*Fed*	–	Nourrir
Feel	*Felt*	*Felt*	–	Sentir / Ressentir
Fight	*Fought*	*Fought*	–	Se battre
Find	*Found*	*Found*	–	Trouver
Fling	*Flung*	*Flung*	–	Lancer
Fly	*Flew*	*Flown*	–	Voler (air)
Forbid	*Forbade*	*Forbidden*	–	Interdire
Forget	*Forgot*	*Forgotten*	–	Oublier
Forgive	*Forgave*	*Forgiven*	–	Pardonner
Freeze	*Froze*	*Frozen*	–	Geler
Get	*Got*	*Got*	–	Devenir, obtenir
Give	*Gave*	*Given*	–	Donner
Go	*Went*	*Gone*	–	Aller

INFINITIF	PRÉTÉRIT	PARTICIPE PASSÉ	–	FRANÇAIS
Grind	*Ground*	*Ground*	–	Broyer / Moudre
Grow	*Grew*	*Grown*	–	Grandir
Hang	*Hung*	*Hung*	–	Suspendre
Have	*Had*	*Had*	–	Avoir
Hear	*Heard*	*Heard*	–	Entendre
Hide	*Hid*	*Hidden*	–	(Se) cacher
Hit	*Hit*	*Hit*	–	Frapper
Hold	*Held*	*Held*	–	Tenir
Hurt	*Hurt*	*Hurt*	–	Faire mal
Keep	*Kept*	*Kept*	–	Garder
Kneel	*Knelt*	*Knelt*	–	S'agenouiller
Know	*Knew*	*Known*	–	Savoir / connaître
Lay	*Laid*	*Laid*	–	Étaler / disposer
Lead	*Led*	*Led*	–	Mener
Learn	*Learnt / Learned*	*Learnt / Learned*	–	Apprendre
Leave	*Left*	*Left*	–	Partir / Quitter
Lend	*Lent*	*Lent*	–	Prêter
Let	*Let*	*Let*	–	Permettre / Laisser
Lie	*Lay*	*Lain*	–	S'allonger
Light	*Lit*	*Lit*	–	Allumer
Lose	*Lost*	*Lost*	–	Perdre
Make	*Made*	*Made*	–	Faire

Mean	*Meant*	*Meant*	–	Vouloir dire / Signifier
Meet	*Met*	*Met*	–	Rencontrer
Pay	*Paid*	*Paid*	–	Payer
Put	*Put*	*Put*	–	Mettre
Read	*Read*	*Read*	–	Lire
Ride	*Rode*	*Ridden*	–	Monter à cheval / Faire du vélo
Ring	*Rang*	*Rung*	–	Sonner
Rise	*Rose*	*Risen*	–	Se lever
Run	*Ran*	*Run*	–	Courir
Say	*Said*	*Said*	–	Dire
See	*Saw*	*Seen*	–	Voir
Seek	*Sought*	*Sought*	–	Chercher
Sell	*Sold*	*Sold*	–	Vendre
Send	*Sent*	*Sent*	–	Envoyer
Set	*Set*	*Set*	–	Fixer
Sew	*Sewed*	*Sewn*	–	Coudre
Shake	*Shook*	*Shaken*	–	Secouer
Shine	*Shone*	*Shone*	–	Briller
Shoot	*Shot*	*Shot*	–	Tirer
Show	*Showed*	*Shown*	–	Montrer
Shrink	*Shrank*	*Shrunk*	–	Rétrécir
Shut	*Shut*	*Shut*	–	Fermer
Sing	*Sang*	*Sung*	–	Chanter
Sink	*Sank*	*Sunk*	–	Couler

GRAMMAIRE

INFINITIF	PRÉTÉRIT	PARTICIPE PASSÉ	—	FRANÇAIS
Sit	*Sat*	*Sat*	—	S'asseoir
Slay	*Slew*	*Slain*	—	Tuer / Pourfendre
Sleep	*Slept*	*Slept*	—	Dormir
Slide	*Slid*	*Slid*	—	Glisser
Smell	*Smelt*	*Smelt*	—	Sentir
Speak	*Spoke*	*Spoken*	—	Parler
Spell	*Spelt / spelled*	*Splet / spelled*	—	Épeler
Spend	*Spent*	*Spent*	—	Dépenser / Passer du temps
Spill	*Spilt*	*Spilt*	—	Répandre / renverser
Spit	*spat*	*spat*	—	Cracher
Split	*Split*	*Split*	—	Se séparer
Spread	*Spread*	*Spread*	—	Étaler
Spring	*Sprang*	*Sprang*	—	Jaillir
Stand	*Stood*	*Stood*	—	Être debout
Steal	*Stole*	*Solen*	—	Voler, dérober
Stick	*Stuck*	*Stuck*	—	Coller
Sting	*Stung*	*Stung*	—	Piquer
Stink	*Stank*	*Stunk*	—	Puer
Strike	*Struck*	*Struck*	—	Frapper
Swear	*Swore*	*Sworn*	—	Jurer
Sweep	*Swept*	*Swept*	—	Balayer
Swim	*Swam*	*Swum*	—	Nager

Take	*Took*	*Taken*	— Prendre
Teach	*Taught*	*Taught*	— Enseigner
Tear	*Tore*	*Torn*	— Déchirer
Tell	*Told*	*Told*	— Raconter
Think	*Thought*	*Thought*	— Penser
Throw	*Threw*	*Thrown*	— Jeter
Undergo	*Underwent*	*Undergone*	— Subir (opération)
Understand	*Understood*	*Understood*	— Comprendre
Wake up	*Woke up*	*Woken up*	— Se réveiller
Wear	*Wore*	*Worn*	— Porter
Weave	*Wove*	*Woven*	— Tisser
Weep	*Wept*	*Wept*	— Pleurer
Win	*Won*	*Won*	— Gagner
Withdraw	*Withdrew*	*Withdrawn*	— Se retirer
Wring	*Wrung*	*Wrung*	— Tordre
Write	*Wrote*	*Written*	— Écrire

MÉMO POUR APPRENDRE LES VERBES IRRÉGULIERS

En passant en revue le tableau, tu as sûrement remarqué des schémas qui se répètent entre différents verbes. En effet, il existe des catégories de verbes irréguliers en anglais :

LES VERBES QUI « SE RÉPÈTENT »

To bet, bet, bet

To burst, burst, burst

To cut, cut, cut

To hurt, hurt, hurt

To let, let, let

To read, read, read

LES VERBES DONT LE PARTICIPE PASSÉ SE TERMINE PAR *EN*

To give, gave, given

To speak, spoke, spoken

To steal, stole, stolen

LES VERBES DONT LE PARTICIPE PASSÉ SE TERMINE PAR *T*

To build, built, built

To bend, bent, bent

To burn, burnt, burnt

To keep, kept, kept

To spell, spelt, spelt

LES VERBES DONT LE PARTICIPE PASSÉ SE TERMINE PAR GHT

To buy, bought, bought

To catch, caught, caught

To think, thought, thought

LES VERBES DONT LE PARTICIPE PASSÉ SE TERMINE PAR D

To have, had, had

To hear, heard, heard

To slide, slid, slid

En les classant par catégories, tu les rends beaucoup plus faciles à comprendre et à retenir. Bien sûr, tu t'en doutes, tout n'est pas aussi simple et il y a des cas particuliers qui sont bien moins faciles à appréhender. C'est le cas de *be*, par exemple, qui n'a rien de prévisible avec sa construction : *be, was* ou *were, been*. Je liste ci-dessous ceux que l'on peut considérer comme des cas particuliers.

LES CAS PARTICULIERS

To show, showed, shown

To be, was / were, been

To bear, bore, borne

To swear, swore, sworn

To do, did, done

To go, went, gone

To lie, lay, lain

To wear, wore, worn

J'espère que grâce à cette page, les verbes irréguliers te paraîtront plus simples à appréhender.

AGO / SINCE / FOR

Since, *for* et *ago* correspondent à « depuis », « pendant » et « il y a » en français. A priori rien de bien compliqué, mais il faut faire attention au temps employé avec ces indicateurs temporels : prétérit ou present perfect?

AGO (IL Y A)

Il indique combien de temps s'est écoulé depuis qu'un événement s'est produit. Il marque un moment précis dans le passé, mais l'action n'est plus en cours. On utilise le **prétérit** avec *ago*.

Durée + ago.

Par exemple :

I moved here two years ago. — J'ai déménagé ici il y a deux ans.

⟶ L'action de déménager s'est produite il y a deux ans et n'est plus en cours.

They met a long time ago. — Ils se sont rencontrés il y a longtemps.

⟶ La rencontre a eu lieu dans le passé et est terminée.

SINCE (DEPUIS)

Il indique le point de départ d'une action ou d'un événement qui a commencé dans le passé et qui continue jusqu'à maintenant ou dont les effets sont encore présents. Il est souvent utilisé avec le present perfect.

Since + point précis dans le temps

(une date, un événement, un moment).

Par exemple :

I have lived here since 2010. — Je vis ici depuis 2010.

⟶ Cela indique que j'ai commencé à vivre ici en 2010 et que je vis toujours ici maintenant.

She has been working since this morning. — Elle travaille depuis ce matin.

⟶ Elle a commencé ce matin et continue de travailler maintenant.

Voir aussi Prétérit ou present perfect, page 86.

FOR (PENDANT / DEPUIS)

Il exprime une durée spécifique pendant laquelle une action ou un événement s'est déroulé ou se déroule encore. Contrairement à *since* qui marque un point de départ, *for* marque la durée totale de l'action. Il est souvent utilisé avec des temps parfaits (comme le present perfect), mais aussi avec d'autres temps pour exprimer une durée dans le passé, le présent ou le futur.

For + période de temps

(minutes, heures, jours, mois, années, etc.).

Par exemple :

I have lived here for 5 years. — Je vis ici depuis 5 ans.

→ Ici, l'accent est mis sur la durée totale (5 ans), pas sur le moment où cela a commencé.

She worked for three hours yesterday. — Elle a travaillé pendant trois heures hier.

→ Cela exprime combien de temps elle a travaillé, mais l'action est terminée.

They will stay in Paris for two weeks. — Ils resteront à Paris pendant deux semaines.

→ Cela montre la durée prévue de leur séjour.

Comparons !

I started working here ***five years ago****.*

J'ai commencé à travailler ici **il y a cinq ans**.

→ L'action de commencer à travailler s'est produite il y a cinq ans.

I have worked here ***since 2019.***

Je travaille ici **depuis 2019**.

→ J'ai commencé en 2019 et je travaille toujours ici.

I've been working here ***for*** *five years.* — Je travaille ici depuis cinq ans.

Je continue de travailler ici.

LE PRESENT PERFECT

Page 86 je t'ai parlé du *present perfect* et je pense donc qu'est venu le moment de t'expliquer un peu plus comment ce temps fonctionne.

Il se construit en utilisant l'auxiliaire *have* suivi du participe passé du verbe.

STRUCTURE TYPE

Sujet + auxiliaire *(have)* + participe passé du verbe

Par exemple :

I have eaten. — J'ai mangé.

Pour faire simple, le *present perfect* est un temps qui relie le passé et le présent, et ce de plusieurs manières.

Par exemple, pour indiquer une action qui a commencé dans le passé et qui continue encore dans le présent :

I have lived in this town for two years.

La phrase ici implique que ça fait deux ans que je vis dans cette ville ET que j'y vis toujours.

Ce temps peut aussi te permettre d'exprimer une action qui s'est produite à un moment imprécis dans le temps, mais qui a encore un impact dans le présent :

They have finished this activity.

Ici, on dit que l'activité est terminée, et pour cette raison un autre événement peut se produire maintenant.

On peut aussi l'utiliser pour parler de différentes expériences de vie :

Have you ever visited Rome?

As-tu déjà déjà visité Rome ?

Ou encore pour parler d'actions récentes :

He has just arrived.

Il vient juste d'arriver.

Note bien que *to have* à la 3e personne (he / she) du présent donne *has*.

LE PAST PERFECT

Maintenant qu'on a abordé le *present perfect*, autant continuer sur notre lancée et aborder le *past perfect*. C'est ce qu'on appelle le « plus-que-parfait » en français.

STRUCTURE TYPE

Sujet + auxiliaire (*had*) + participe passé du verbe

Par exemple :

I had eaten — J'avais mangé

Le *past perfect* est utilisé dans plusieurs cas de figure, notamment pour parler d'une action qui s'est produite **avant un moment précis dans le passé**.

Par exemple, dans la phrase *She had never met such a generous person before that day*. Elle n'avait jamais rencontré une personne aussi généreuse avant CE jour.

Tu peux aussi l'employer pour parler d'une action qui s'est produite **avant une autre action spécifique dans le passé**.

Par exemple, dans la phrase *When I arrived at the cafe, they had already left*. Lorsque je suis arrivé au café, ils étaient déjà partis.

Ou encore dans le cas de figure où tu voudrais raconter un récit dans le passé qui décrirait **une suite d'événements**.

Par exemple, dans la phrase *She had finished her homework before she went to bed*, Elle avait fini ses devoirs avant d'aller se coucher.

Ce temps te permet d'établir un ordre, une chronologie des événements, et donc de les lier entre eux.

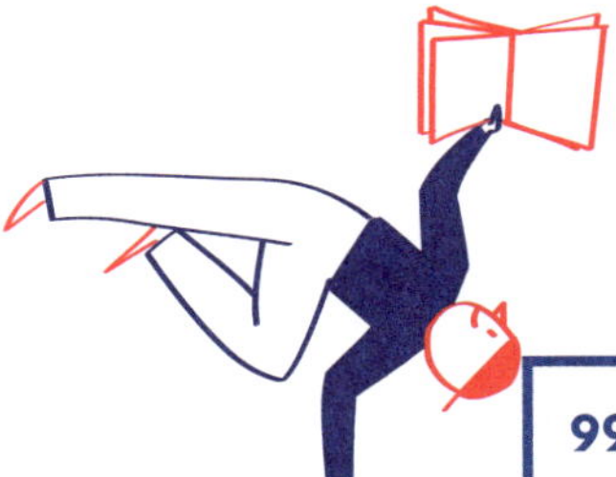

VOCABULAIRE

LES ABRÉVIATIONS

Que ce soit sur Internet ou dans les SMS, les abréviations, on les adore, et ce dans toutes les langues. Dans les pages suivantes, je vais te présenter un tableau avec les abréviations les plus courantes et utiles en anglais, mais avant cela, je te propose un petit truc mnémotechnique.

LES ABRÉVIATIONS QUI MÊLENT LETTRES ET CHIFFRES

M8 ; W8 ; L8 ; U2, respectivement *mate* (mon pote), *wait* (attends), *late* (retard), *you too* (toi aussi).

LES ABRÉVIATIONS DE TEMPORALITÉ

cya ; ttyl ; brb ; gtg, tho,respectivement *See you* (à plus tard), *talk to you later* (on se parle plus tard), *be right back* (à tout de suite), *got to go* (je dois y aller), tho (quand même, malgré tout).

On s'exerce ? Est-ce que tu comprends le message suivant ?

M8 that party was so basic, I really gtg... it was fun to see you tho!

Voir aussi Slang, l'anglais argotique, page 120.

VOCABULAIRE

50 ABRÉVIATIONS COURANTES

ABRÉVIATIONS	ANGLAIS	—	FRANÇAIS
AF	*As fuck*	—	Beaucoup
AFK	*Away from keyboard*	—	Loin de son clavier
AKA	*Also known as*	—	Aussi connu sous le nom de
ALR	*Alright*	—	D'accord / OK
ASAP	*As soon as possible*	—	Le plus tôt / vite possible
BF	*Boyfriend*	—	Petit copain
BRB	*Be right back*	—	Je reviens de suite
BTW	*By the way*	—	Au fait
DIY	*Do it yourself*	—	À faire soi-même
DW	*Don't worry*	—	T'inquiète
FR	*For real*	—	Pour de vrai
FRR	*For real real*	—	Vraiment
GF	*Girlfriend*	—	Petite copine
GTG	*Got to go*	—	Je dois y aller
HMU	*Hit me up*	—	Envoie-moi un message
IDC	*I don't care*	—	Je m'en fous
IDK	*I don't know*	—	Je ne sais pas
IKR	*I know right*	—	Je sais, t'as vu
ILY	*I love you*	—	Je t'aime
IMO / IMHO	*In my (humble) opinion*	—	À mon (humble) avis
ISTG	*I swear to God*	—	Je le jure
JK	*Just kidding*	—	Je rigole

VOCABULAIRE

L8	*Late*	–	En retard
LMAO	*Laughing my ass off*	–	PRDR (pété de rire)
LMFAO	*Laughing my fucking ass off*	–	Équivalent de « PTDRRR »
LMK	*Let me know*	–	Fais-moi savoir
LOL	*Laughing out loud*	–	MDR (mort de rire)
M8	*Mate*	–	Mon pote
MB	*My bad*	–	Ma faute
MF	*Motherfucker*	–	Insulte de base (enfoiré ou pire !) mais sert à dire : ce gars, ce type, cette personne
NGL	*Not gonna lie*	–	On va pas se mentir
NP	*No problem*	–	Pas de problème
NVM	*Nevermind*	–	Peu importe, laisse tomber
OMW	*On my way*	–	Je suis en route
POV	*Point of view*	–	Point de vue
RN	*Right now*	–	Maintenant
STFU	*Shut the fuck up*	–	Ferme-la
TBD	*To be decided*	–	À définir (souvent une date)
TBH	*To be honest*	–	Pour être honnête
THO	*Though*	–	Même si ; bien que
TW	*Trigger warning*	–	Sert à mettre en garde
TY	*Thank you*	–	Merci
U2	*You too*	–	Toi aussi
W8	*Wait*	–	Attends
WTF	*What the fuck*	–	C'est quoi ce bordel / truc
WYD	*What (are) you doing*	–	Qu'est-ce que tu fais ?

THOUGH

Je suis certain que tu as déjà rencontré le mot *though* en anglais en te posant deux questions : comment le prononce-t-on ? et que signifie-t-il ?

PRONONCIATION

Pour la question de la prononciation, dis-toi juste que c'est un peu comme le *toh* de Homer Simpson *(voir aussi page 65)*. Tu y ajoutes un petit *th* en pinçant la langue et en laissant passer l'air et, à la fin, si tu as encore de l'énergie, tu allonges le son en *oww*.

SIGNIFICATION

Though équivaut à notre « **cependant** », mais il se place en fin de phrase, à la différence de *But*.

Par exemple :

C'était bien mais j'étais un peu fatigué.

— *It was great BUT I was tired*.

It was great, I was tired though.

Though aura parfois le sens de « **bien que** », « **même si** », comme dans la phrase :

Though it is cold outside, they went out. — Bien qu'il fasse froid dehors, ils sont sortis.

FORME CONTRACTÉE

Tu le retrouves aussi sous une forme contractée, notamment sur Internet : *tho*. Dans la plupart des cas, cette forme sert à mettre l'accent sur une idée.

Par exemple, dans la phrase : *Mate that show was insane THO*, tu soulignes le fait que cette représentation était vraiment exceptionnelle.

MÉMO POUR APPRENDRE LES CONJONCTIONS DE COORDINATION

« Mais ou et or ni car » : tu as forcément déjà entendu cette phrase iconique des moyens mnémotechniques qui te sert à retenir les conjonctions de coordination. Et tu te demandes peut-être s'il existe un truc similaire en anglais.

Eh bien, dans l'idée, oui, mais il s'agit d'un seul mot : *FANBOY*.

F *pour* ***For*** *(car)*

A *pour* ***And*** *(et)*

N *pour* ***Nor*** *(ni)*

B *pour* ***But*** *(mais)*

O *pour* ***Or*** *(ou)*

Y *pour* ***Yet*** *(encore)*

Puisqu'on est dans les moyens mnémotechniques, je te conseille d'apprendre du vocabulaire sur ce même principe d'association d'idées. Que ce soit en associant des mots à une phrase, à un autre mot, à une idée, à un thème...

Utilise le système de *flashcards* : des cartes où d'un côté tu écriras le mot en français et de l'autre le mot en anglais.

3 ERREURS COMMUNES

Plus tôt dans le livre, je t'ai parlé des 4 erreurs que j'entendais le plus souvent, mais, tu t'en doutes, il n'y en a pas que 4...

Il est donc l'heure de compiler à nouveau quelques erreurs à absolument éviter en anglais !

ERREUR NUMÉRO 1 : *I TAKE* OU *I MAKE* ?

En anglais, on ne PREND pas une décision, on FAIT une décision.

Pour dire : « Ma décision est prise », on dit : *I made up my mind*.

Tu pourrais dire aussi : *I made a decision*.

ERREUR NUMÉRO 2 : *HAIRS* OU *HAIR* ?

Le mot *hair* reste toujours au singulier pour désigner « la chevelure ». *Hairs* fait référence à des mèches de cheveux individuelles.

Les poils se disent aussi *hair* au singulier.

ERREUR NUMÉRO 3 : *TO EXPLAIN SOMEONE SOMETHING* OU *TO EXPLAIN SOMETHING TO SOMEONE* ?

La bonne construction est : *to explain something TO someone*.

Par exemple, *I explained the lesson to my classmate.*

J'ai expliqué la leçon à mon camarade de classe.

SITUATION

VISITE D'APPARTEMENT

Je te mets dans le contexte, tu viens d'arriver dans un pays étranger et tu dois vite trouver un appartement, tu enchaînes donc les visites et tu tombes enfin sur un logement qui te plaît, le propriétaire te le fait visiter et tu es convaincu. Voici un dialogue concret.

— Hi there! Welcome to the appartment. How are you today?

— Hi! I'm good, thanks. Excited to see the place.

— Perfect! So the studio is located right in the heart of Manchester. It's about 32 square meters.

— Seems perfect to me. Is everything included, like the furniture?

— Yes, everything you see here is included. You have a sofa that turns into a bed, a dining table, and this built-in wardrobe for storage.

— That's really convenient. And what about the kitchen?

— Right there. It's a kitchenette but it's equipped with a microwave, a small fridge and a stove, everything you would need is there.

— Nice! It's indeed perfect. How about the bathroom?

— It's there. It's the same as the kitchen, small but well designed.

— That's fine. How is the apartment heated?

— The studio has central heating. The appartment is well insulated, so, temperature stays comfortable during the winter months.

— That's good to hear! What's the monthly rent, and does it include utilities?

— The rent is £900 per month, and it includes water and heating. Electricity is separate.

— That sounds reasonable. And how about public transport?

— You're just a 5-minute walk from the tram stop, and the bus station is around the corner. The city centre is only 10 minutes away by public transport. It is very convenient.

— That's really convenient indeed. The appartment is exactly what I am currently looking for. What's the process for applying?

— If you're interested, you just need to fill out an application form, provide proof of income, and a reference from your previous landlord. We'll also need a one-month deposit.

— Sounds good to me. I want to apply.

— Excellent! I will send you the application form by email, and once everything is in order, I'll let you know our decision within 10 days.

— Thank you! Fingers crossed!

TO FRENCH

— Bonjour, bienvenue dans l'appartement. Comment allez-vous ?

— Bonjour, je vais bien, merci. J'ai hâte de le découvrir.

— Très bien ! Le studio est situé en plein cœur de Manchester. Il fait environ 32 mètres carrés.

— Cela me semble parfait. Est-ce que tout est compris, même les meubles ?

— Oui, tout ce que vous voyez ici est inclus. Vous avez un canapé qui se transforme en lit, une table à manger et ce placard pour le rangement.

— C'est très pratique. Et la cuisine ?

— Elle est juste là. C'est une kitchenette mais elle est équipée d'un micro-ondes, d'un petit réfrigérateur et d'une cuisinière, tout ce dont vous pourriez avoir besoin s'y trouve.

— C'est vraiment parfait. Et la salle de bains ?

— Elle est là. C'est pareil que la cuisine, elle est petite mais bien conçue.

— C'est très bien. Comment l'appartement est-il chauffé ?

— Le studio est équipé d'un chauffage central. L'appartement est bien isolé, la température reste donc confortable tout l'hiver.

— C'est une bonne chose ! Quel est le loyer mensuel et est-ce qu'il inclut les charges ?

— Le loyer est de 900 livres sterling par mois et comprend l'eau et le chauffage. L'électricité est à part.

— Cela semble raisonnable. Qu'en est-il des transports en commun ?

— Vous êtes à 5 minutes à pied de l'arrêt de tramway et la gare routière est au coin de la rue. Le centre-ville n'est qu'à 10 minutes en transports en commun. C'est très pratique.

— C'est en effet très pratique. L'appartement correspond exactement à ce que je recherche actuellement. Quelle est la procédure à suivre pour présenter son dossier ?

— Si vous êtes intéressé, il vous suffit de remplir un formulaire de candidature, de fournir un justificatif de revenus et une lettre de recommandation de votre ancien propriétaire. Nous aurons également besoin d'une dépôt de garantie d'un mois.

— Ça me paraît bien. Je souhaite présenter ma candidature.

— C'est très bien ! Je vous enverrai le formulaire de candidature par e-mail, puis je vous ferai savoir notre décision sous 10 jours.

— Je vous remercie ! On croise les doigts.

VOCABULAIRE

LA MAISON

FRANÇAIS	—	ANGLAIS
Une pièce	—	*A room*
Salle de bains	—	*Bathroom*
Salon	—	*Living room / Lounge*
Chambre	—	*Bedroom*
Cuisine	—	*Kitchen*
Buanderie	—	*Utility room*
Salle à manger	—	*Dining room*
Chambre d'amis	—	*Guestroom*
Bureau	—	*Study*
Sous-sol	—	*Basement*
Toilettes	—	*Restroom (US) / Toilet (UK)*
Grenier	—	*Attic*
Couloir	—	*Hallway (US) / Corridor / Hall / Landing (à l'étage supérieur)*
Balcon	—	*Balcony*
Porte d'entrée	—	*Front door*
Paillasson	—	*Doormat*
Boîte aux lettres	—	*Mailbox (US) / Letterbox (UK)*
Sonnette	—	*Doorbell*
Escaliers	—	*Stairs*
Rez-de-chaussée	—	*First floor (US) / Ground floor (UK)*
Premier étage	—	*Second floor (US) / First floor (UK)*
Deuxième étage	—	*Third floor (US) / Second floor (UK)*
Étage / niveau	—	*Floor*
Plafond	—	*Ceiling*
Toit	—	*Roof*
Cheminée (extérieure)	—	*Chimney*
Cheminée (intérieure)	—	*Fireplace*

Balcony
ROOF
Living room
SECOND FLOOR (UK) / THIRD FLOOR (US)
Bedroom
Dining room
FIRST FLOOR (UK) / SECOND FLOOR (US)
Stairs
GROUND FLOOR (UK) / FIRST FLOOR (US)
BASEMENT
Kitchen
Study

LE *H* MUET

Tu ne seras pas surpris si je te dis que le *h* est dans la plupart des cas prononcé en anglais. Pour nous, francophones, c'est un peu contre-intuitif d'aspirer le *h*. Eh bien, laisse-moi ajouter à ta peine en te disant que certains *h* sont tout simplement… silencieux ! Si tu as bien tout suivi dans ta lecture, tu devrais d'ailleurs déjà le savoir puisque j'ai rapidement abordé ce sujet lorsque j'ai parlé de *a* et *an*.

MOTS COMMENÇANT PAR *WH*

En effet, dans le cas des mots qui commencent par *wh*, le *h* est assez silencieux.

Par exemple :

when

where

what

why

MOTS EMPRUNTÉS À DES LANGUES ÉTRANGÈRES

On trouve par exemple :

honor (US) / *honour* (UK)

honest

hour

heir

ÉQUIVALENTS À *AGREE / DISAGREE*
ÊTRE D'ACCORD / NE PAS ÊTRE D'ACCORD

L'accord et le désaccord méritent d'être exprimés avec précision. Un simple « Je ne suis pas trop d'accord » n'aura pas le même impact qu'un « Il en est hors de question », par exemple.

AGREE

Maintenant, pour dire que tu es d'accord, tu diras simplement : *I agree*. C'est passe-partout et efficace...

Registre entre amis

True — C'est vrai

Registre plus soutenu

We are on the same page — On est sur la même longueur d'onde

Accord total

I agree with you 100%

Option un peu plus nuancée

I guess so — j'imagine que oui

DISAGREE

Pour dire que tu n'es pas d'accord en anglais, tu utiliseras la plupart du temps : *I disagree.*

Registre entre amis

Tu pourras, par exemple, t'autoriser un simple :

No way — Pas question

Registre plus soutenu

I beg to differ — Je me permets de ne pas être d'accord...

Option un peu plus nuancée

I'm not sure that I agree — un refus très diplomate !

VOCABULAIRE

COMMENT REMPLACER *LIKE, DISLIKE, AGREE* ET *DISAGREE*

FRANÇAIS	—	ANGLAIS
Réel	—	*True*
Ouais, je suis d'accord	—	*Yeah, for sure*
J'imagine que oui	—	*I guess so*
Ouaip	—	*Yup*
On est sur la même longueur d'onde	—	*We are on the same page / We are of one mind*
C'est exactement ce que je ressens aussi	—	*That's exactly how I feel*
Je suis à 100 % d'accord	—	*I agree with you 100%*
Hors de question !	—	*No way!*
Je suis en désaccord avec vous	—	*I beg to differ*
Je ne suis pas sûr d'être d'accord	—	*I'm not sure that I agree*
Pas du tout	—	*Not at all*
C'est un bon point, mais je ne suis pas d'accord	—	*That's a fair point, but I disagree*
Je ne pense pas, non	—	*I don't think so*
Je déteste	—	*I hate*
Je ne suis pas un grand fan	—	*I'm not a great fan of it*
Ce n'est pas ma tasse de thé	—	*It's not my cup of tea*
Ce n'est pas mon truc	—	*It's not my thing*
Ce n'est pas pour moi	—	*It's not for me*
J'aimerais mieux pas	—	*I'd rather not*
Je n'aime pas cela	—	*I don't like it*

Pas à mon goût	—	*Not to my taste*
On ne s'entend pas	—	*We do not get along*
J'adore	—	*I love*
J'aime bien	—	*I enjoy it*
C'est mon truc	—	*It's my kind of thing*
Ça m'intéresse	—	*I'm into it*
Je suis très fan de ça	—	*I'm a big fan of it*
C'est à mon goût	—	*It's to my liking*
C'est ma tasse de thé	—	*It's my cup of tea*
J'ai appris à aimer ça	—	*I've grown to like it*
Ça me semble bien	—	*It sounds good to me*
J'aime vraiment	—	*I'm very keen on*
Je suis accro	—	*I'm addicted / I'm hooked*

Voir aussi Équivalents à like / dislike (J'aime / Je n'aime pas), page 134.

ÇA SE FÊTE !

Good news! Une bonne nouvelle ça se fête ! Dans ce court dialogue, notre nouvellement promue au travail annonce à son copain la bonne nouvelle. Dans la foulée ils organiseront un bon petit restaurant pour fêter tout ça.

— Honey, guess what?! I got the promotion!

— Wow! I'm so so happy for you!

— Thank you so much, I've been waiting for this for so long, and it finally happened! I'm on cloud nine right now! It's the best day ever.

— You totally deserve it! It was only a matter of time. How do you feel?

— I feel incredible! It's like all the hard work finally paid off.

— I'm so proud of you. We must celebrate tonight.

— Definitely!

— Let's go out to dinner—somewhere nice.

— That sounds perfect. How about that new Italian place we've been wanting to try?

— Yes! I've heard nothing but good things about it. Let's make a reservation for tonight.

— Done!

— I'm so glad you're here to share this with me.

— Chéri, devine quoi ! J'ai eu la promotion !

— Waouh ! Je suis tellement heureux pour toi !

— Merci beaucoup, j'attendais ça depuis si longtemps, et c'est enfin arrivé ! Je suis sur un petit nuage ! C'est le plus beau jour de ma vie.

— C'est totalement mérité. Ce n'était qu'une question de temps. Comment tu te sens ?

— Je me sens incroyablement bien ! C'est comme si tout ce travail avait fini par payer.

— Je suis si fier de toi. Il faut absolument qu'on fête ça ce soir.

— Absolument !

— Sortons dîner dans un endroit sympa.

— Parfait. Pourquoi pas dans ce nouveau restaurant italien qu'on voulait essayer ?

— Oui ! Je n'en ai entendu que du bien. On réserve pour ce soir.

— C'est parti !

— Je suis si heureuse que tu sois là pour partager ce moment avec moi.

MENER UNE CONVERSATION

Y a-t-il un moment plus gênant que de participer à une conversation sans savoir quoi dire, comment rebondir, comment changer de sujet, laisser un blanc ? Voici quelques expressions à utiliser.

DYNAMISER LA CONVERSATION

Que ce soit pour montrer de l'intérêt, de la compassion ou de l'étonnement, il existe (en français comme en anglais) pléthore d'expressions toutes faites, comme :

– *Oh really?* — Oh vraiment ?

– *How interesting!* — Comme c'est intéressant !

– *Oh, I know what you mean* — Je comprends totalement.

– *Oh, that's nice!* — Oh c'est sympa !

Ces petites phrases évitent les moments de battements et encouragent la personne à continuer de parler, car, on est d'accord, rien de pire que de laisser un blanc total lorsque la personne te raconte un truc qui lui tient à cœur.

CHANGER DE SUJET

Dans le cas où tu souhaites changer de sujet, un super mot passe-partout pour le faire, c'est *anyway*. Tu pourrais aussi utiliser une phrase comme : *Can we move on?*, qu'on pourrait traduire par : « Est-ce qu'on peut passer à autre chose ? »

REVENIR SUR UN SUJET

S'il y a un point de la conversation que tu voudrais approfondir, alors place des expressions comme :

– *That rings a bell, That reminds me* — Ça me rappelle un truc.

Pour introduire une idée qui vient de te revenir, par exemple, tu pourras opter pour le très courant, mais très solide :

– *Oh, by the way* — Au fait

Maintenant tu ne devrais plus avoir de difficultés à rendre tes conversations plus fluides et engagées !

ASTUCES

ÉVITER LE MOT-À-MOT

Il est bien difficile de se défaire de ses automatismes dans sa langue première pour construire des phrases en anglais. Penser et rêver en anglais, c'est possible mais après des années de pratique. Dans un premier temps, je te conseille d'apprendre des phrases types à utiliser dans des contextes variés.

Évite de traduire mot à mot ce que tu as dans la tête en français et va au plus simple. L'objectif n'est pas de traduire parfaitement l'entièreté de ton discours intérieur, mais bien de faire passer le message au destinataire anglophone.

Si tu veux exprimer l'idée que tu étais super content d'avoir participé à un événement, peu importe tous les éloges que tu as envie de déverser en français. Tant que tu arrives à exprimer simplement que tu étais *happy*, alors, le message en anglais sera bien perçu. Ne perds pas de vue cette idée de point A et de point B.

VOCABULAIRE

SLANG, L'ANGLAIS ARGOTIQUE

Est-ce que les Anglais ont leur verlan ou des expressions plus argotiques comme nous ? La réponse est « oui » et « non ». « Oui », parce qu'il est évident qu'il existe bon nombre d'expressions familières, et « non », parce que le verlan est propre au français. Je suis sûr que les expressions familières argotiques anglaises t'intéressent, donc je t'en propose quelques-unes.

Premier contexte : tu joues à la console avec un pote et, d'un coup, il commence à rager et tu veux le taquiner. En français, ça nous donnerait un truc du style : « Ouah gros, t'as trop le seum ! ». En anglais on partirait sur : *Man, you're so so salty!* Effectivement, le seum en français se traduirait par « salé » en anglais ; « t'es salé », c'est l'équivalent de « t'as le seum ».

Deuxième contexte : tu es entre amis et tu sais qu'il y a des potins à raconter. Tu dirais donc : « Allez, vas-y, crache le morceau, raconte-moi tout ! » En anglais, on garderait une construction similaire avec : *Maaan, spill the tea / the beans!* Ici, l'expression « cracher le morceau » devient, littéralement : « Crache le thé / les haricots. » D'ailleurs, *a tea* est souvent l'équivalent d' un ragot, une histoire, un potin.

Troisième contexte : tu as peut-être remarqué sur les réseaux cette expression qui revient souvent : *Let him cook*, qui, si on la traduit littéralement, voudrait dire : « Laisse-le cuisiner ». Tu te doutes qu'il ne s'agit pas de cuisine. On veut dire par là : « Laisse-le faire son truc. » Une expression utilisée dans un contexte où une personne va faire quelque chose qui ne nous inspire pas forcément confiance mais qui, au final, pourrait donner un très bon résultat.

VOCABULAIRE

20 EXPRESSIONS ARGOTIQUES

FRANÇAIS		ANGLAIS
T'as tué ça	–	*Slay*
Point final	–	*Period (US) /* *Full stop – End of story (UK)*
Être fauché	–	*To be broke (US) /* *To be Skint (UK)*
Sans mentir	–	*No cap*
Arrête de mentir	–	*Stop the cap*
C'est mon truc	–	*My cup of tea*
C'est une folie / truc trop bien	–	*That's a banger*
Bien de fou	–	*Crazy good*
Une balance / poucave	–	*A snitch*
Être vraiment bien	–	*To be gucci*
Gênant / embarrassant	–	*Cringe*
Ennuyeux	–	*Basic*
Moyen	–	*Mid*
Je suis chaud à l'idée de	–	*I'm down for*
Des conneries	–	*Bollocks (UK) /* *Bullshit (US)*
Quelque chose de pensé / fait subtilement	–	*Lowkey*
Tranquille	–	*Chill*
Groupe d'amis, la mif...	–	*Fam*
J'ai la flemme	–	*I can't be bothered (US /* *I can't be arsed (UK)*
C'est lourd / bien	–	*It's lit*

Une autre page super utile pour bien comprendre l'anglais sous toutes ses formes : les **abréviations**. Elles sont très utilisées sur Internet et les réseaux sociaux : *voir page 100*.

LES ADJECTIFS QUALIFICATIFS

En anglais, les adjectifs se placent avant le nom qu'ils qualifient. Contrairement au français, l'ordre est fixe. Bonne nouvelle ! Une autre très bonne nouvelle est qu'ils ne s'accordent ni en genre (masculin / féminin) ni en nombre (singulier / pluriel).

Par exemple :

A nice house. — Une belle maison.

Interesting books. — Des livres intéressants.

L'adjectif peut aussi suivre des verbes d'état comme *to be*, *to seem*, *to become*, *to feel*, etc.

Par exemple :

We are happy. — Nous sommes heureux.

VOCABULAIRE

25 ADJECTIFS COURANTS

FRANÇAIS	—	ANGLAIS
Mauvais	—	*Bad*
Bon	—	*Good*
Mieux	—	*Better*
Beau	—	*nice (handsome pour un homme)*
Laid	—	*Ugly*
Génial	—	*Amazing*
Vide	—	*Empty*
Rempli	—	*Full*
Tôt	—	*Early*
Tard	—	*Late*
Dur	—	*Hard*
Mou	—	*Soft*
Bas	—	*Low*
Haut	—	*High*
Nouveau	—	*New*
Vieux	—	*Old*
Fort	—	*Strong*
Faible	—	*Weak*
Utile	—	*Useful*
Inutile	—	*Useless*
Facile	—	*Easy*
Difficile	—	*Diffcult, hard*
Ennuyeux	—	*Boring*
Amusant	—	*Amusing*
Gratuit	—	*Free*

ÉQUIVALENTS À *HOW ARE YOU ?* COMMENT VAS-TU ? / COMMENT ALLEZ-VOUS ?

TU CONNAIS BIEN LA PERSONNE

Si le contexte est amical, que tu t'adresses à quelqu'un que tu connais bien ou à un membre de ta famille, tu peux employer la formule :

What's up? (*Sup?*, en abrégé)

C'est l'équivalent français de :

— Ça va ?

— Quoi de neuf ?

TU N'AS PAS VU LA PERSONNE DEPUIS LONGTEMPS

Long time no see. — Ça fait longtemps qu'on ne s'est pas vus.

What's new? — Quoi de neuf ?

TU VEUX DEMANDER À LA PERSONNE COMMENT SE PASSE SA JOURNÉE

How's your day?

TU SAIS QUE LA PERSONNE NE VA PAS BIEN

How are you holding up? — Tu tiens le coup ?

Voir aussi :

Équivalents à I'm fine (Je vais bien), page 48.

Équivalents à I'm not well (Je ne vais pas bien), page 76.

LES COMPARATIFS

Des comparaisons, on en fait tout le temps dans nos discussions sur les choses de la vie. Il y a plusieurs degrés et types de comparaison.

LE COMPARATIF DE SUPÉRIORITÉ

Lorsque tu veux dire que tel truc est meilleur que tel autre, tu vas utiliser une construction de phrase hyper courante en anglais, qui est :

Sujet + verbe + adjectif+er ou adverbe+er + *than* + nom (complément)

Par exemple :

Tom est plus rapide que Théo. — *Tom is faster than Théo.*

L'ajout de *er* à la fin du mot ne concerne que les adjectifs courts. Pour les adjectifs longs et des adverbes longs, on ajoutera *more* devant.

Sujet + verbe + *more* + adjectif / adverbe + *than* + nom (complément)

Ce qui nous donne :

Marlon is more handsome than Jimmy. — Marlon est plus beau que Jimmy.

He is more interesting — Il est plus intéressant.

LE COMPARATIF D'INFÉRIORITÉ

La construction est quasi similaire. Le mot *less* se place avant l'adjectif, ce qui nous donne :

Sujet + verbe + *less* + adjectif / adverbe + than + nom (complément)

Par exemple :

Cette maison est moins chère que celle-ci. — *That house is less expensive than this one.*

L'ÉGALITÉ

La construction est la suivante :

Sujet + verbe + *as* + adjectif / adverbe + *as* + nom (complément)

Par exemple :

Clara est aussi drôle que Tom. — *Clara is as funny as Tom.*

LES SUPERLATIFS

Maintenant que tu connais les comparatifs, voyons les superlatifs. Ce sont, par exemple, le plus grand, le plus petit, le meilleur, le pire, etc. Pour les former, rien de plus facile.

L'ADJECTIF EST COURT (UNE OU DEUX SYLLABES)

On ajoute *-est* à la fin de l'adjectif. À moins que la lettre finale soit un *e* : alors on ajoute *-st*.

Par exemple :
Big ⟶ *big**gest***
The biggest show — Le plus grand spectacle

Cute ⟶ *cut**est***
The cutest dog — Le chien le plus mignon

Attention ! pour les adjectifs courts qui se terminent par consonne-voyelle-consonne, la consonne finale est doublée.

Par exemple :
Hot ⟶ *hott**est*** — le plus chaud
Fat ⟶ *fatt**est*** — le plus gros

L'ADJECTIF SE TERMINE PAR -Y

On remplace le y par *-iest*.

Par exemples :
Happy ⟶ *happ**iest***
It's the happiest day of my life. — C'est le jour le plus heureux de ma vie.

Funny ⟶ *funn**iest***
The funniest joke — La blague la plus drôle

L'ADJECTIF EST LONG (TROIS SYLLABES OU PLUS)

On utilise *most* devant l'adjectif.

Par exemple :

Interesting ⟶ ***most*** *interesting*
The most interesting job — le poste le plus intéressant

Beautiful ⟶ ***most*** *beautiful*
The most beautiful gift — Le plus beau cadeau

LES IRRÉGULARITÉS

Good ⟶ *best* — le meilleur
Bad ⟶ *worst* — le pire
Far ⟶ *farthest* (le plus éloigné dans un espace physique mesurable) ou *furthest* (tout type de distance, physique ou figurée)

ET SI ON CUISINAIT ?

La nuit commence à tomber et il est temps de dîner. Avec ta compagne ou ton compagnon, vous vous mettez aux fourneaux: vous tenez une bonne recette ! Seulement il y a un petit problème avec les œufs : tu es allergique... Vous décidez donc d'adapter une recette.

— Feeling a bit peckish? So, what do you feel like cooking tonight? I was thinking lasagna?

— Lasagna sounds great! But just one thing, no eggs, please. I don't tolerate them.

— Hahaha, yes, I know. Don't worry, no eggs in this recipe. We'll keep it simple. We just need pasta sheets, some veggies, cheese and sauce.

— I'm glad we're on the same page. Tonight we go vegetarian with lots of vegetables and cheese, like a LOT of cheese.

— Sounds good to me! I'll start chopping the veggies, what do we have? Spinach, mushrooms?

— Yeah, those are perfect. I'll get the ricotta, the mozzarella and the parmesan ready. And remember, no eggs in the ricotta mix!

— No eggs, I promise! Just ricotta, mozzarella, and some parmesan for extra flavour. I'll season it with some herbs too.

— That sounds delicious! We have enough tomatoes for the sauce? I think so. We can simmer them with garlic, onions and some basil.

— Sounds perfect to me. This lasagna is going to be amazing.

— You bet! Let's make enough for leftovers too.

— Good idea. Veggies are ready. Let's start assembling.

— Awesome! You handle the layering, and I'll make sure the sauce is just right. Let's get it in the oven.

– *Une petite faim ?* Alors, qu'est-ce que tu as envie de cuisiner ce soir ? Je pensais à des lasagnes ?

– Des lasagnes, c'est super ! Mais juste une chose, pas d'œufs, s'il te plaît. Je ne les supporte pas.

– Ha, oui, je sais. Ne t'inquiète pas, il n'y a pas d'œufs dans cette recette. Nous allons faire simple. Nous avons juste besoin de feuilles de lasagnes, de légumes, de fromage et d'une sauce.

– Je suis contente que ça te convienne. Ce soir, on fait végétarien, avec beaucoup de légumes et du fromage, beaucoup de fromage.

– Ça me va bien ! Je vais commencer à couper les légumes, qu'est-ce qu'on a ? Des épinards, des champignons ?

– Oui, c'est parfait. Je vais préparer la ricotta, la mozzarella et le parmesan. Et rappelle-toi, pas d'œufs dans le mélange de ricotta !

– Pas d'œufs, c'est promis ! Juste de la ricotta, de la mozzarella et un peu de parmesan pour plus de goût. Je l'assaisonnerai également avec des fines herbes.

– Ça a l'air délicieux ! On a assez de tomates pour la sauce ? Je pense que oui. Nous pouvons les faire revenir avec de l'ail, des oignons et du basilic.

– Cela me semble parfait. Ces lasagnes vont être délicieuses.

– Tu m'étonnes ! Faisons-en assez pour qu'on ait des restes.

– Bonne idée. Les légumes sont prêts. Commençons à assembler.

– Génial ! Tu t'occupes des feuilles de pâtes, et je me charge de la sauce. Mettons le tout au four.

VOCABULAIRE

LA CUISINE

FRANÇAIS		ANGLAIS
Cuisine	–	*Kitchen*
L'évier	–	*The sink*
Robinet	–	*Tap*
Congélateur	–	*Freezer*
Réfrigérateur	–	*Fridge*
Lave-vaisselle	–	*Dishwasher*
Four	–	*Oven*
Micro-ondes	–	*Microwave*
Hotte	–	*Cooker hood*
Gazinière	–	*Cooker / Stove*
Grille-pain	–	*Toaster*
Cafetière	–	*Coffee maker*
Bouilloire	–	*Kettle*
Théière	–	*Teapot*
Friteuse	–	*Deep-fryer*
Casserole	–	*Saucepan*
Poêle	–	*Frying pan*
Assiette	–	*Plate*
Bol	–	*Bowl*
Verre	–	*Glass*
Tasse	–	*Cup*
Râpe	–	*Grater*

Ouvre-boîte	–	*Can opener*
Balance	–	*Scales (UK) / Scale (US)*
Fouet	–	*Whisk*
Planche à découper	–	*Chopping board*
Louche	–	*Ladle*
Spatule	–	*Spatula*
Couteau	–	*Knife*
Cuillère	–	*Spoon*
Fourchette	–	*Fork*
Petit déjeuner	–	*Breakfast*
Déjeuner	–	*Lunch*
Goûter	–	*(Afternoon) snack / tea*
Dîner	–	*Dinner*

Voir aussi pages 74-75.

Light
Hand blender
Kettle and mug
Lemon squeezer
Microwave
Grater
Slow cooker
Tableware ou crockery
Oven gloves

Toaster

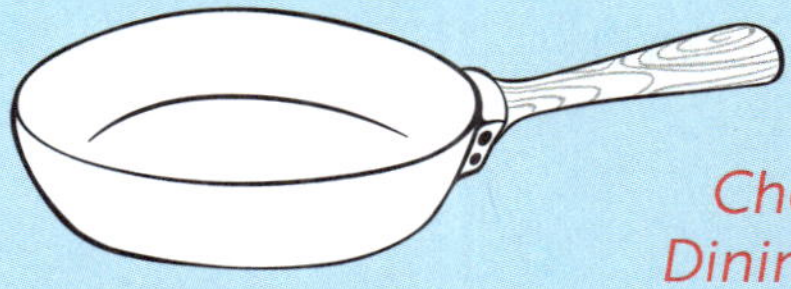
Frying pan

Chair ou
Dining chair

Liquidiser

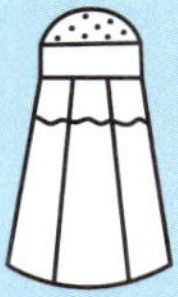
Salt

Peppermill

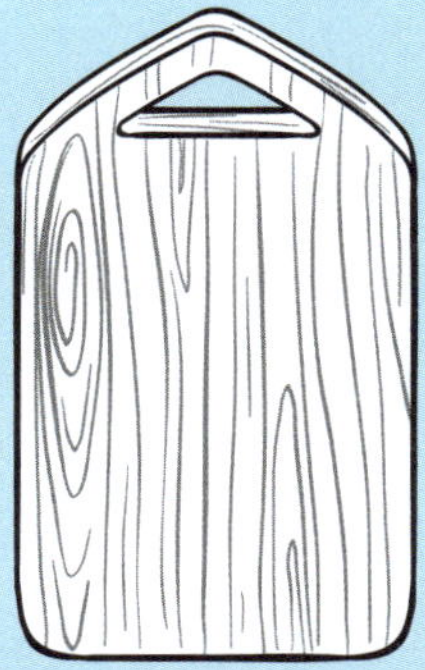
Chopping board

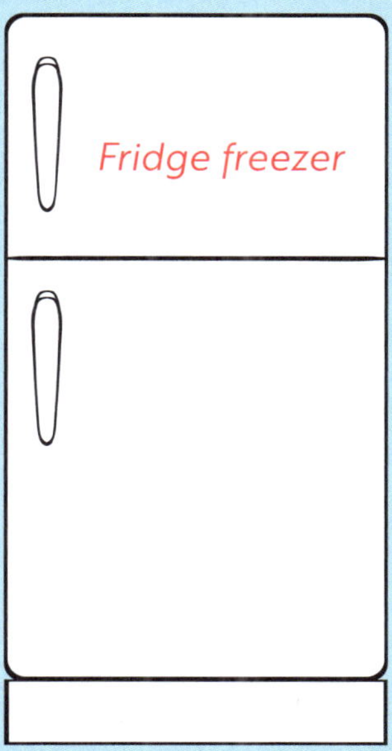

Dustbin/bin

VOCABULAIRE

ÉQUIVALENT À *LIKE / DISLIKE* J'AIME / JE N'AIME PAS

Il m'est impossible de te donner des équivalents pour chaque mot anglais (il faudrait beaucoup plus qu'un livre), mais je voudrais te donner envie de mener tes recherches et d'élargir ton horizon.

Voyons *like* et *dislike*.

LIKE

Par exemple pour dire : « J'aime faire de la peinture »,

tu pourrais très bien dire :

I like painting,

mais aussi :

I'm into painting

ou bien :

Oh painting ? It's my thing (pour dire que la peinture c'est carrément ton truc),

ou encore :

I'm a fan of it! (pour, tu l'auras compris, dire que tu es fan).

À chaque fois, on garde la même idée, mais soit on est dans un registre plus soutenu, soit l'intensité d'appréciation change... Bref, en diversifiant ton vocabulaire, tu t'offres aussi la possibilité de mieux exprimer ce que tu ressens.

DISLIKE

Dislike, qui signifie « ne pas apprécier », trouve lui aussi bon nombre d'options de remplacement très courantes. Tu pourras par exemple choisir des expressions telles que :

It's not my cup of tea. — Ce n'est pas ma tasse de thé.

It's not my thing — Ce truc, c'est pas mon délire.

It's not to my liking

ou bien encore :

I'm not a big fan of it

Voir aussi page 114.

AUSSI : *ALSO, AS WELL* OU *TOO* ?

La première différence, c'est que *also* est beaucoup plus utilisé à l'écrit.

La seconde différence, plus importante, tient à leur position dans la phrase. *Also* est généralement au milieu, *as well* est toujours placé à la fin, et *too* peut être à la fin ou au début. Lorsqu'on l'emploie en début de phrase, c'est pour accentuer le sujet. Il est aussi beaucoup utilisé dans les expressions courtes comme *me too*.

Maintenant que la théorie est posée, on va prendre quatre fois la même phrase pour que tu comprennes les différences de position et d'accentuation :

J'aime aussi l'anglais.

– *I like English too.*

– *I like English as well.*

– *I also like English.*

Ces trois phrases ont le même sens ; c'est seulement la position du mot qui change.

– *I too like English.*

Dans cette phrase, en revanche, le sens change puisque l'emphase est mise sur le sujet : **moi aussi,** j'aime beaucoup l'anglais.

VOCABULAIRE

WANNA / GONNA

Je suis convaincu que tu t'es déjà demandé : « Mais ça veut dire quoi *wanna, gonna...* » ? Ce sont tout simplement des contractions et c'est important de les connaître au même titre que l'argot, car dans les discussions du quotidien, les anglophones (surtout les Américains) les utilisent énormément. Ils s'embêteront rarement à dire : *I am going to*, quand ils peuvent simplement dire : *I'm gonna*. Dans une conversation relativement peu soutenue, utlise ces contractions et tu gagneras en naturel !

Avec *want to*, tu exprimes le désir ou l'intention de faire quelque chose, comme dans la phrase :

I wanna go to the beach tonight. — Je VEUX aller à la plage ce soir.

Avec *going to*, tu indiques une intention claire ou bien une action future, comme dans la phrase :

I'm gonna do my homework for tomorrow. — Je VAIS faire mes devoirs pour demain.

Ci-contre, je te propose quelques-unes des contractions les plus courantes pour t'en sortir dans tous les registres de conversations en anglais.

LES CONTRACTIONS

ANGLAIS	ANGLAIS ABRÉGÉ
Going to	*Gonna*
Want to	*Wanna*
I am a	*I'm*
I have got to go	*I gotta go*
Kind of	*Kinda*
About to	*Boutta*
Let me	*Lemme*
Probably	*Prolly*
What are you doing	*Watchu doing ?*
Got to	*Gotta*
Got you	*Gotcha*
Will not	*Won't*
Do not	*Don't*

Évidemment, il en existe encore plein d'autres. Encore une fois, il ne faut les utiliser qu'à l'oral et dans des contextes plutôt familiers ou du quotidien. Seules *won't, wouldn't* et *don't, doesn't* sont des contractions grammaticalement admises à l'écrit.

LE *B* MUET

Plus tôt dans le livre, je t'ai parlé de certaines lettres qui restent muettes en anglais. Le *b* est aussi concerné. Par exemple dans le mot *comb* (« peigne »), nous sommes tentés de prononcer COMBE, alors qu'en fait le *b* doit rester silencieux. C'est le cas d'autres mots :

thumb — le pouce

lamb — l'agneau

En revanche, le *b* s'entend très bien dans le mot *web*, par exemple.

Il n'y a pas de règle précise et universelle… donc mieux vaut tendre l'oreille, écouter les anglophones et répéter… Mais la plupart des b muets se trouvent à la fin d'un mot et précédés de la lettre *m : bomb, climb, comb, crumb, dumb, lamb, limb, numb, plumb, thumb, tomb* ou lorsqu'un t suit le b : *debt*, *doubt*, *subtle*. Il y a bien sûr des exceptions.

ÉQUIVALENTS À *IT'S BAD*
C'EST NUL

It's bad, peut être remplacé par *wrong*, *incorrect* ou *poor*.

J'AI FAIT QUELQUE CHOSE DE MAL
— *I did something wrong.*

CE N'ÉTAIT PAS CORRECT
— *It was incorrect.*

QUELQUE CHOSE EST DE MAUVAISE QUALITÉ
— *It's of poor quality.*

ÉQUIVALENTS À *I T 'S GREAT*
C 'EST GÉNIAL

JE SUIS ENTHOUSIASTE ET PLEIN D'ADMIRATION
— *That's awesome!*
— *That's amazing!*
— *Brilliant!*

AU TRAVAIL
— *Excellent!*
— *Impressive!*

LE *P* MUET

Attardons-nous maintenant sur la lettre *p*. Lorsqu'elle est suivie des lettres n, s ou t, la lettre p au début d'un mot est généralement muette.

Le plus souvent, ces arrangements de lettres se retrouvent dans des mots d'origine grecque : *pneumatic, pneumonia, pneumonic, psalm, pseudo-, pseudonym, psoriasis, psych, psyche, psychiatrist, psychic, psychoanalysis, psychology, psychotherapy, psychotic, pterodactyl, ptosis* ; ou d'origine latine : *corps, coup*, *receipt*.

Enfin la lettre p suivie de la lettre b au milieu d'un mot ne se prononce pas non plus : *cupboard*, *raspberry*.

OF / OFF

Avant de s'attaquer à la théorie, parlons de prononciation, car beaucoup de francophones ont tendance à prononcer *of* et *off* de la même manière, à tort.

En effet, *off* est prononcé avec un son *f* à la fin, tandis que *of*, est prononcé avec un son se rapprochant beaucoup plus du *v*.

OF

Of est seulement une préposition.

Elle est utilisé pour indiquer la **possession**, la **relation** entre deux choses, l'**appartenance** ou encore l'**origine**.

Par exemple :

A cup of coffee — Une tasse de café

The controller of Bastien — La manette de Bastien

Tu pourras aussi utiliser *of* pour parler de la **matière** de quelque chose.

Par exemple :

This chair made of iron — Cette chaise en fer

OFF

Off peut être une préposition ou un adverbe.

La préposition est souvent utilisée pour parler d'un **mouvement**, d'une **séparation**, d'un état ou bien encore d'une **position**.

Par exemple :

He stepped / got off the car. — Il est descendu de la voiture.

Concernant *off* sous sa forme adverbiale, il signifie « **éteint** » ou en arrêt de fonctionnement. Tu as dû le croiser un bon nombre de fois dans la consigne suivante :

Turn off the lights. — Éteignez les lumières.

Et tu connais peut-être l'expression :

I'm off today. — Je ne travaille pas aujourd'hui.

PARLER DE LA MÉTÉO

Souvent, lorsqu'on apprend l'anglais, on reste assez sommaire sur notre manière de parler du temps qu'il fait. On va dire : *Yeah, it's cold ; Yeah, it's hot* ; *Mhhh, it's a rainy day*, alors qu'il existe plein de mots pour décrire chaque situation météorologique. Alors, quel temps fait-il chez toi ?

Voici un petit dialogue autour d'un jour nuageux, pluvieux et orageux. Bref, un temps de chien...

— *Hey, did you bring an umbrella?*

— *No, why?*

— *You didn't check the forecast this morning?*

— *No... not really?*

— *It's pouring outside!*

— *Oh... Hope it clears up.*

— *Yup, me too. But I don't think it is going to be just rain, there's thunder and lighting too. Quite a stormy day.*

— *Oh really? Haven't heard any thunder yet. But I can clearly see some dark clouds gathering.*

— *I think we should stay indoors until this weather calms down.*

— *Sounds like a great idea, let's hope for sunshine tomorrow.*

TO FRENCH

— Hé, tu as pris un parapluie ?

— Non, pourquoi ?

— Tu n'as pas regardé la météo ce matin ?

— Non... pas vraiment ?

— Il pleut à verse dehors !

— Oh... J'espère que ça va s'éclaircir.

— Oui, moi aussi. Mais je ne pense pas que ce sera juste pluvieux, il y aura aussi du tonnerre et des éclairs. C'est une journée plutôt orageuse.

— Ah bon ? Je n'ai pas encore entendu le tonnerre. Mais c'est vrai que ça s'assombrit avec ces gros nuages noirs.

— Je pense que nous devrions rester à l'intérieur jusqu'à ce que le temps se calme.

— C'est une bonne idée, espérons que le soleil sera au rendez-vous demain.

VOCABULAIRE

LA MÉTÉO

FRANÇAIS	—	ANGLAIS
Chaud	—	*Hot*
Froid	—	*Cold*
Tempéré / bon	—	*Warm*
Sec	—	*Dry*
Mouillé / Humide	—	*Wet*
Glacial	—	*Freezing*
Vent	—	*Wind*
Brume	—	*Mist*
Couvert	—	*Overcast*
Brouillard	—	*Fog*
Tempête	—	*Storm*
Pluie	—	*Rain*
Neige	—	*Snow*
Flocon de neige	—	*Snowflake*
Goutte de pluie	—	*Raindrop*
Arc-en-ciel	—	*Rainbow*
Des averses	—	*Showers*
La météo	—	*Weather*
Les prévisions météorologiques	—	*Weather forecast*
Canicule	—	*Heatwave / Dog days*
Sécheresse	—	*Drought*
Nuageux	—	*Cloudy*
Ensoleillé	—	*Sunny*
Pluvieux	—	*Rainy*
Orageux	—	*Stormy*
Brumeux	—	*Foggy*
Venteux	—	*Windy*

It's sunny
It's cloudy
It's overcast
It's raining
It's thundery
It's partly cloudy
It's windy
It's sleet
It's snowing
A tornado

Lightning

Heavy rain

Thunderstorm

Hailstorm

Wind

Rainbow

Shower

°F

Degrees Fahrenheit

°C

Degrees Celsius/
Degrees centigrade

It is warming up

It is getting
cooler

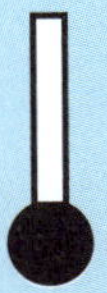

It's freezing

LA POSSESSION : *'S* OU *OF* ?

Le *'s* (que les grammairiens appellent « le génitif ») est une des manières d'exprimer la possession en anglais. Je précise bien « une des manières », car ce n'est pas la seule. On peut également utiliser *of*. Mais alors dans quel cas utilise-t-on *of* ou *'s* ?

'S

On utilise *'s* pour indiquer la possession lorsqu'il s'agit de personnes, d'animaux ou parfois d'entités animées. L'élément possédé suit immédiatement celui qui possède.

Par exemple :

John's book — Le livre de John

The cat's tail — La queue du chat

My friend's house — La maison de mon ami(e)

OF

On utilise *of* pour indiquer la possession avec des objets inanimés, des groupes ou pour exprimer des relations plus abstraites. C'est également plus courant dans un registre formel ou académique. L'élément possédé est mentionné en premier, suivi de *of* puis de l'élément possédant.

Par exemple :

The colour of the sky — La couleur du ciel

The population of the city — La population de la ville

PRENDRE EN COMPTE LE CONTEXTE

Il y a des cas où les deux sont possibles, mais l'usage dépend souvent de la clarté et du contexte :

- *The teacher's explanation* (l'explication du professeur)
- *The explanation of the teacher who substituted for Mrs Smith* (l'explication du professeur qui a remplacé Madame Smith = l'ambiguité est levée sur le sujet du verbe *substituted* : c'est bien la professeur qui a remplacé Madame Smith, pas l'explication !).

À NOTER

Quand on parle d'objets inanimés comme un livre, on utilise généralement la structure **nom + nom**. Ainsi, ***book cover*** (couverture de livre) est plus naturel en anglais. C'est pareil, par exemple, pour :

Phone screen (écran de téléphone)

Computer keyboard (clavier d'ordinateur)

Car door (porte de voiture)

LE *L* MUET

Le *l* est prononcé très clairement dans de nombreux mots, comme dans :

hello

balance

follow

mellow

Mais, dans certains autres cas assez définis, le *l* est silencieux.

La lettre l est muette quand elle est précédée d'un a, o ou u. C'est une règle générale et il y a bien sûr des exceptions.

Après la lettre a et avant les consonnes f, k, m :

Calf

Calm

Half

Palm

Salmon

Talk

Walk

Après la lettre o et avant la consonne k :

Folk

Yolk

Après la lettre u, dans les mots suivants :

Could

Should

Would

PEUT-ÊTRE : *PERHAPS* OU *MAYBE* ?

En réalité, *perhaps* et *maybe* sont globalement interchangeables et il ne faut pas trop se prendre la tête. La différence principale réside tout simplement dans le registre.

Maybe est considéré comme plus courant et plus familier.
Perhaps est considéré comme un peu plus formel.

Par exemple :
Peut-être qu'on devrait d'abord résoudre ce problème .
Maybe we should fix this problem first.
Perhaps we should fix this problem first.

Le sens est exactement le même ; seul le registre de langage change.

GRAMMAIRE

LES MODAUX *MUST* / *SHOULD*

Comparons les modaux qui servent à exprimer le devoir, l'obligation ou le conseil.

MUST

1. C'est un mot d'**obligation**, ou d'**interdiction stricte** à la négation (= *mustn't*).
Il est utilisé pour exprimer un **ordre**, une **obligation**, une **règle à appliquer**.
Par exemple :
You must wear a seatbelt. — Vous devez porter une ceinture de sécurité.

2. Pour exprimer une **certitude** ou bien une **déduction logique**, *must* est aussi utilisé.
Par exemple :
He must be the new coach. — Ce doit être le nouvel entraîneur.

SHOULD

1. Il exprime un **conseil**, une **recommandation**.
Par exemple :
You should drink more water. — Tu devrais boire plus d'eau.
You should work more. — Tu devrais travailler un peu plus.

2. Il exprime une **probabilité**.
Par exemple :
The train should arrive soon. — Le train devrait bientôt arriver.

LE CORPS HUMAIN

Si je te demande de me donner le nom des cinq doigts de la main en anglais, est-ce que tu saurais ? Pas si simple, n'est-ce pas ? Et il y a bien d'autres parties du corps dont on ne connaît pas trop le nom… Petit cours d'anatomie…

LES CINQ DOIGTS DE LA MAIN

Le **pouce** — *thumb*

On a déjà vu ce mot plus tôt dans le livre quand on a parlé de la prononciation du *b* muet. Donc, si tu veux le retenir, pense au mot « seum » en y ajoutant un petit son *th* au début.

L'**index** — *index finger*

Le **majeur** — *middle finger*

C'est le « doigt du milieu ».

L'**annulaire** — *ring finger*

C'est le doigt qui reçoit la bague de fiançailles.

L'**auriculaire** — *little finger* ou *pinky*

Littéralement, c'est le « petit doigt ».

La *pinky promise*, c'est la « petite promesse » que tu fais à l'aide du petit doigt.

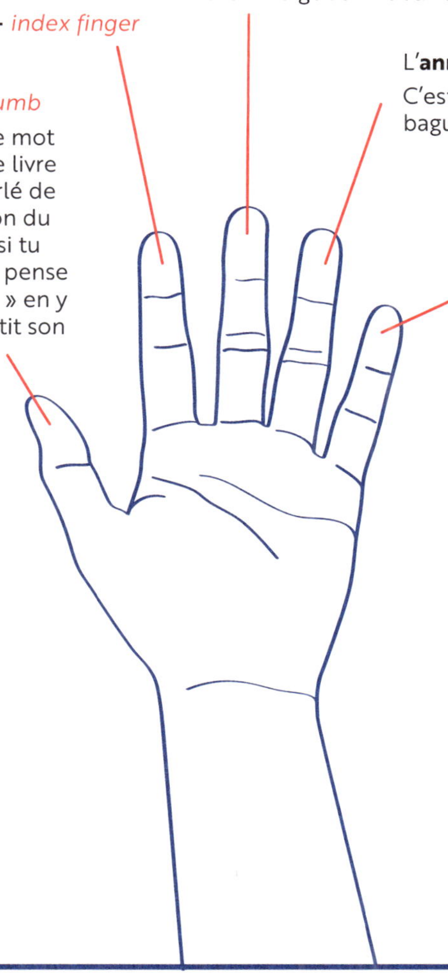

Retrouve dans les pages suivantes le vocabulaire du corps humain, puis celui du visage.

VOCABULAIRE

LE CORPS HUMAIN

FRANÇAIS	–	ANGLAIS
Doigt	–	*Finger*
Main	–	*Hand*
Ongles	–	*Nails*
Paume	–	*Palm*
Poignet	–	*Wrist*
Avant-bras	–	*Forearm*
Bras	–	*Arm*
Aisselle	–	*Armpit*
Épaule	–	*Shoulder*
Biceps	–	*Biceps*
Coude	–	*Elbow*
Jambe	–	*Leg*
Genou	–	*Knee*
Mollet	–	*Calf*
Hanches	–	*Hips*
Cuisses	–	*Thighs*
Cheville	–	*Ankle*
Pied	–	*Foot*
Orteils	–	*Toes*
Talon	–	*Heel*

Fesses	–	*Behind* ou *buttock* ou *cheeks (familier)*
Dos	–	*Back*
Ventre	–	*Belly ou tummy*
Nombril	–	*Bellybutton*
Cœur	–	*Heart*
Bas du dos	–	*Lower back*
Poumon	–	*Lung*
Foie	–	*Liver*
Vessie	–	*Bladder*
Trachée	–	*Trachea*
Estomac	–	*Stomach*
Sternum	–	*Sternum* ou *breastbone*
Côtes	–	*Ribs*
Taille	–	*Waist*
Poitrine (seins)	–	*Breast*
Poitrine / Pectoraux (torse)	–	*Chest*
Téton	–	*Nipple*
Os	–	*Bone*
Sang	–	*Blood*
Membre	–	*Limb*
Transpiration	–	*Sweat*
Chair	–	*Flesh*

VOCABULAIRE

LE VISAGE

FRANÇAIS	—	ANGLAIS
Visage	—	*Face*
Front	—	*Forehead*
Œil	—	*Eye*
Sourcils	—	*Eyebrow*
Cils	—	*Eyelashes*
Paupière	—	*Eyelid*
Oreille	—	*Ear*
Nez	—	*Nose*
Narines	—	*Nostrils*
Joue	—	*Cheek*
Pommette	—	*Cheekbone*
Bouche	—	*Mouth*
Lèvres	—	*Lips*
Langue	—	*Tongue*
Gorge	—	*Throat*
Dent	—	*Tooth*
Gencive	—	*Gum*
Moustache	—	*Moustache (UK), Mustache (US)*
Barbe	—	*Beard*
Mâchoire	—	*Jawline*
Menton	—	*Chin*
Cou	—	*Neck*
Chauve	—	*Bald*
Rasé	—	*Shaved*
Imberbe	—	*Beardless*
Cheveux	—	*Hair*

J'ai volontairement omis les descriptifs plus précis, par exemple la forme des yeux ou du nez, pour ne pas encombrer ta mémoire. Mais libre à toi de poursuivre l'exploration du vocabulaire.

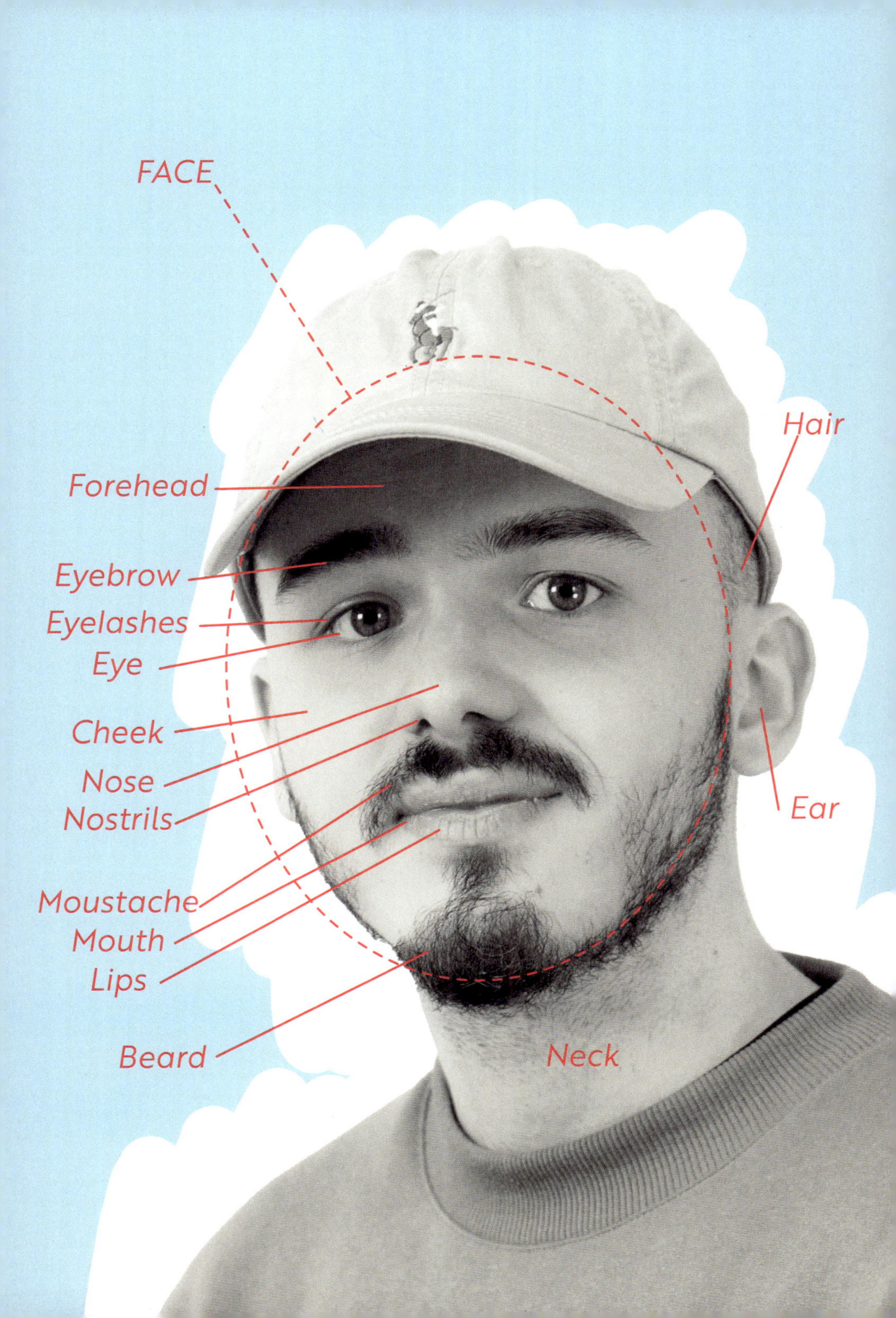
FACE
Hair
Forehead
Eyebrow
Eyelashes
Eye
Cheek
Nose
Nostrils
Ear
Moustache
Mouth
Lips
Beard
Neck

SITUATION

CHEZ LE MÉDECIN

Imagine, tu es à l'étranger, tu commences à avoir des symptômes semblables à un gros rhume, rien de très grave. Par précaution, tu décides quand même d'aller voir le médecin. Il n'est jamais très simple de tout décrire lorsque tu ne connais pas parfaitement le vocabulaire. Pour t'aider, voici un dialogue type d'un rendez-vous chez le médecin pour que tu puisses expliquer tes différents symptômes. D'accord, j'ai grossi un peu le trait pour utiliser plus de vocabulaire !

— *Good afternoon! What brings you here today?*

— *Good afternoon, Doctor. I've been feeling unwell for a few days now. I think I might have a cold or the flu.*

— *I see. What symptoms are you experiencing?*

— *I have a runny nose, a sore throat and I've been coughing a lot. I also have a fever and feel really tired.*

— *How long have you had those symptoms?*

— *It's been about six days now.*

— *Alright. Six days is a lot for a simple cold. Have you noticed any other symptoms, like shortness of breath, chest pain, or anything else that would be unusual?*

— *Actually, I've been feeling a little out of breath but I thought it was just because of the coughing.*

— *That concerns me. While it's possible that you're dealing with a cold or the flu, the shortness of breath suggests that we need to look deeper. I'd like to prescribe a chest X-ray to make sure there's nothing more serious going on, like a lung infection.*

— I see. What else do you recommend?

— In addition to that, I want to send you for some blood tests at the lab. These will help us check for any underlying infection or inflammation.

— Okay, that sounds good. I'll get both done today. Thank you for being thorough Doctor.

— You're welcome. It's always better to be cautious, especially with respiratory symptoms. In the meantime, rest as much as possible, stay hydrated, and avoid any physical strain.

— I will. Thanks again, Doctor.

— Take care, and we'll talk soon once the results come in.

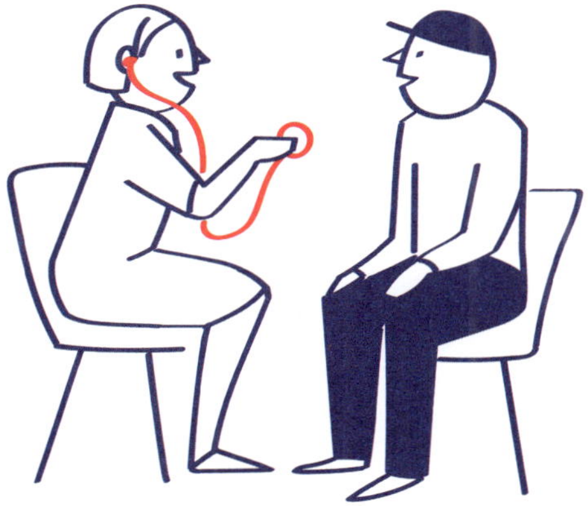

TO FRENCH

SITUATION

— Bonjour Monsieur, Qu'est-ce qui vous amène ici aujourd'hui ?

— Bonjour, Docteur. Je me sens malade depuis quelques jours. Je pense que j'ai un rhume ou une grippe.

— Je vois. Quels symptômes avez-vous ?

— J'ai le nez qui coule, j'ai mal à la gorge et je tousse beaucoup. J'ai aussi de la fièvre et je me sens vraiment très fatigué.

— Depuis combien de temps avez-vous ces symptômes ?

— Cela fait environ six jours.

— D'accord. Six jours, c'est beaucoup pour un simple rhume. Avez-vous remarqué d'autres symptômes, comme un essoufflement, des douleurs thoraciques ou quoi que ce soit d'autre d'inhabituel ?

— En fait, je me sens un peu essoufflé, mais je pensais que c'était juste à cause de la toux.

— Cela me préoccupe. Il est possible que ce soit grippal, mais l'essoufflement me fait penser qu'il faut aller plus loin. J'aimerais vous prescrire une radiographie pulmonaire pour m'assurer qu'il n'y a rien de plus grave, comme une infection pulmonaire.

— Je vois. Qu'est-ce que vous recommandez d'autre ?

— En plus, j'aimerais vous envoyer faire des analyses de sang au laboratoire. Cela nous aidera à vérifier s'il y a une infection ou une inflammation sous-jacente.

— D'accord, ça me paraît bien. Je ferai les deux aujourd'hui. Merci d'avoir été aussi minutieux, docteur.

— Il n'y a pas de quoi. Il est toujours préférable d'être prudent, surtout en cas de symptômes respiratoires. En attendant, reposez-vous autant que possible, hydratez-vous et évitez tout effort physique.

— Je n'y manquerai pas. Merci encore, docteur.

— Prenez soin de vous, et nous nous reverrons dès que nous aurons les résultats.

VOCABULAIRE

LES SYMPTÔMES COURANTS

FRANÇAIS	–	ANGLAIS
Fièvre	–	*Fever / Temperature / High temperature*
Toux	–	*Cough*
Mal de tête	–	*Headache*
Mal de gorge	–	*Sore throat*
Nez qui coule	–	*Runny nose*
Nausée	–	*Nausea / Sickness*
Vomissements	–	*Vomiting*
Fatigue	–	*Fatigue / Tiredness*
Essoufflement	–	*Shortness of breath*
Douleur musculaire	–	*Muscle pain*
Douleur articulaire	–	*Joint pain*
Vertiges	–	*Dizziness*
Entorse	–	*Sprain*
Tendinite	–	*Tendonitis*
Fracture	–	*Broken bone*
Blessure	–	*Injury*
Saignements	–	*Bleeding*
Douleur thoracique	–	*Chest pain*
Diarrhée	–	*Diarrhea*
Frissons	–	*Chills / Shivers*
Perte d'appétit	–	*Loss of appetite*
Démangeaisons	–	*Itching*
Éruption cutanée	–	*Rash*
Gonflement	–	*Swelling*
Insomnie	–	*Insomnia*
Vue trouble	–	*Blurred vision*
Palpitations cardiaques	–	*Heart palpitations*

VOCABULAIRE

Tension	–	*Blood pressure*
Transpiration excessive	–	*Excessive sweating*
Constipation	–	*Constipation*
Perte de poids	–	*Weight loss*
Prise de poids	–	*Weight gain*
Maux de ventre / d'estomac	–	*Stomachache*
Mal d'oreille	–	*Earache*
Sensibilité à la lumière	–	*Light sensitivity*
Yeux qui pleurent	–	*Watery eyes*

LES SOINS

Ordonnance	–	*Prescription*
Médicaments	–	*Drugs, medicines, medication*
Médicaments sur ordonnance	–	*Prescription-only drugs*
Anti-douleur	–	*Painkiller*
Cachet, comprimé	–	*Tablet*
Pilule	–	*Pill*
Gouttes	–	*Drops*
Gélule	–	*Capsule*
Pansement	–	*Plaster*
Pommade	–	*Ointment*
Analyse de sang	–	*Blood tests*
Piqûre	–	*Injection, shot*
Point de suture	–	*Stitch*
Radiographie	–	*X-ray*

Voir aussi Le corps humain, page 152.

Hello Team!
Bad news ! I have a sore throat and a fever today. I am unable to come in to work and need to take a day off. I aim to be back on Friday.

Oh, Lilian, sorry to hear you're unwell. Get well soon !

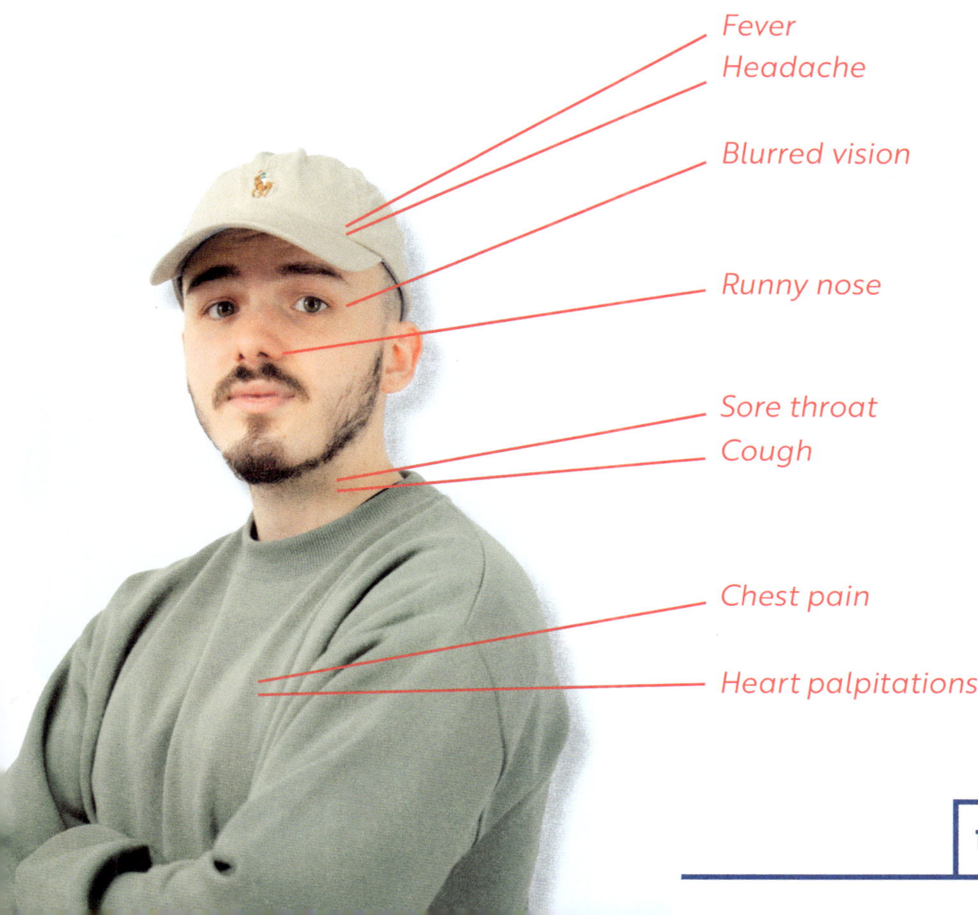

VOCABULAIRE

ÉQUIVALENTS À *I'M SORRY* - JE SUIS DÉSOLÉ

À UN DEGRÉ RELATIVEMENT FAIBLE

Si tu viens de faire une petite bêtise et que tu es entre amis, tu peux opter pour :

My bad (US), My fault / my mistake (UK) — C'est ma faute.

À UN DEGRÉ MOYEN

Tu veux préciser la chose pour laquelle tu es désolé, dans ce cas tu pourras dire :

I am sorry about that. — J'en suis désolé.

Dans un registre plus formel – dans un cadre de travail par exemple –, tu pourras dire :

My apologies. — Mes excuses.

C'est un passe-partout dans le registre formel, donc n'hésite pas à l'utiliser.

À UN DEGRÉ PLUS ÉLEVÉ

Tu es vraiment vraiment désolé pour ce que tu viens de faire / dire. Utilise :

I am truly sorry. — Je suis sincèrement désolé.

VOCABULAIRE

ÉQUIVALENTS À *YOU'RE WELCOME* DE RIEN

LE PLAISIR ÉTAIT POUR TOI

My pleasure — Avec plaisir.

The pleasure is all mine. — Tout le plaisir est pour moi.

TU N'ATTENDS PAS DE REMERCIEMENTS

Don't mention it. — Pas besoin d'en parler / de le mentionner.

TU N'ATTENDS PAS DE REMERCIEMENTS ET LE PLAISIR ÉTAIT POUR TOI

It was nothing. — Ce n'est rien.

REGISTRE AMICAL

Of course — Bien sûr.

No worries — T'inquiète.

All good — C'est bon.

LES MODAUX CAN / MAY

Attardons-nous sur *can* et *may*. Ils se traduisent tous les deux par le verbe « pouvoir » en français, mais quelle est la différence ?

CAN

Can est parfois employé pour demander la permission, mais il est, dans la majorité des cas, utilisé pour parler de la **capacité physique ou mentale** à faire ou non quelque chose.

Par exemple :

Can you come tonight? — Peux-tu venir ce soir ?

On parle ici de la capacité physique de se déplacer à un moment donné.

Can sera le moins formel des deux, donc à privilégier dans des contextes familiers.

MAY

May est utilisé pour exprimer la **possibilité**, demander la **permission** ou l'**autorisation**.

Par exemple :

May I come with you? — Puis-je venir avec vous ?

May est aussi le plus formel des deux.

CAN / BE ABLE TO

Can exprime souvent une capacité générale (quelque chose que l'on sait faire habituellement).

Be able to est plus approprié pour une capacité dans une situation spécifique, surtout lorsqu'il y a un effort ou une difficulté impliqués.

Par exemple :

I can drive. — Je sais conduire.

I was able to drive despite the heavy snow. — J'ai pu conduire malgré la forte neige.

LES MODAUX *MAY / MIGHT*

À la page précédente, tu as compris la différence entre *can* et *may*. Se pose maintenant la question de l'usage de *might*.

Première chose à savoir : *might* est le prétérit de *may*.

Deuxième chose à savoir : *may* et *might* servent tous les deux à demander ou à supposer quelque chose poliment.

MAY

May est utilisé pour exprimer la **possibilité**, demander la **permission** ou l'autorisation.

MIGHT

Comme *may*, *might* exprime aussi la possibilité, mais de manière moins certaine. Il y a une part de **doute**, d'**incertitude**.

Par exemple, la phrase : *We might stay home or go to the concert* exprime l'incertitude quant au choix de l'activité : rester à la maison ou aller au concert.

3 FAÇONS DE DIRE « DE PLUS »

Les adverbes et expressions adverbiales *moreover*, *besides*, *in addition* et as well introduisent des informations supplémentaires, mais ils présentent des nuances.

MOREOVER

Cet adverbe est utilisé pour ajouter une information qui renforce ou soutient ce qui a déjà été dit. Il s'emploie dans des contextes formels.

Par exemple :

The project is costly. Moreover, it requires a lot of time.
— Le projet est coûteux. De plus, il nécessite beaucoup de temps.

BESIDES

Il est utilisé pour ajouter une information qui n'est pas forcément la plus importante. Il s'emploie dans un registre moins formel.

Par exemple :

I don't want to go to the party. Besides, I have a lot of work to do.
— Je ne veux pas aller à la fête. En plus, j'ai beaucoup de travail à faire.

IN ADDITION / AS WELL AS

Ces expressions adverbiales sont utilisées pour introduire une information factuelle. Elles peuvent être employées à la fois dans des contextes formels et informels.

Par exemple :

She's a talented musician. In addition, she's an excellent teacher.

She's a talented musician as well as an excellent teacher.

— C'est une musicienne talentueuse. En plus, c'est une excellente professeure.

LES *TONGUE TWISTERS*

Les chaussettes de l'archiduchesse sont-elles sèches, archi-sèches ? Tu connais ce vire-langue, n'est-ce pas ? En anglais on appelle ces petites phrases amusantes des *tongue twisters*. Elles permettent d'entraîner la diction et de prendre conscience des sonorités d'une langue.

Voici 10 *tongue twisters*, histoire de te lancer un défi...

1. *Black background, brown background.*

2. *To begin to toboggan first buy a toboggan, but don't buy too big a toboggan. Too big a toboggan is too big a toboggan to buy to begin to toboggan.*

3. *Peter Piper picked a peck of pickled peppers. How many pickled peppers did Peter Piper pick?*

4. *How much wood would a woodchuck chuck if a woodchuck could chuck wood?*

5. *Can you can a can as a canner can can a can?*

6. *Give papa a cup of proper coffee in a copper coffee cup.*

7. *A loyal warrior will rarely worry why we rule.*

8. *A pessimistic pest exists amidst us.*

9. *Which witch switched the Swiss wristwatches?*

10. *She sells seashells by the seashore.*

VOCABULAIRE

LES FAUX ANGLICISMES

En français, on utilise beaucoup de mots d'origine anglaise : « week-end », « date », « deadline », par exemple. Mais de nombeux mots empruntés à l'anglais ne correspondent pas du tout au sens qu'ils ont dans cette langue. Alors, méfiance ! Trois exemples, avant une liste plus longue page suivante :

JOGGING

Jogging, en anglais, c'est « être en train de courir », et pas du tout un vêtement. Le pantalon de sport s'appelle *tracksuit*.

BASKET

Basket, c'est un panier, et pas du tout des chaussures.

PAPERBOARD

En français, ce mot désigne un tableau avec des feuilles, alors qu'il s'agit d'une sorte de papier épais, en anglais. Pour désigner un paperboard, le mot anglais est *flipchart*.

VOCABULAIRE

LES MOTS JUSTES

FAUX ANGLICISME FRANÇAIS		VRAIE VERSION EN ANGLAIS
Brushing	–	*Blow-dry*
Camping	–	*Campsite*
Camping-car	–	*Campervan*
Dressing	–	*walk-in wardrobe (UK) / Walk-in closet (US)*
Footing	–	*Jogging / Jog*
Jogging	–	*Tracksuit / Sweatpants (le pantalon de jogging)*
Peeling	–	*Exfoliation*
Planning	–	*Schedule*
Relooking	–	*Makeover*
Forcing	–	*To put pressure*
Parking	–	*Car park (UK) / Parking lot (US)*
Baby-foot	–	*Table football (UK) / Table soccer (US)*
Catch	–	*Professional wrestling*
Clip	–	*Music video*
Drive	–	*Drive through (UK) / Drive thru (US)*
Playback	–	*Lip sync*
Shampoing	–	*Shampoo*
Slip	–	*Pants (pour hommes, UK) / Underpants (pour hommes, US) / knickers (pour femmes, UK) / Panties (pour femmes, US)*
Tennisman	–	*Tennis player*
Rugbyman	–	*Rugby player*
Recordman	–	*Record holder*

MAKE / DO

Je suis sûr que tu hésites souvent entre l'usage de *make* ou de *do* ? L'explication est en réalité toute simple.

MAKE

On utilise *make* pour **quelque chose de nouveau**, quelque chose que l'on **crée**, que l'on **fabrique**.

She made a cake for my birhday. — Elle a fait un gâteau pour mon anniversaire.

Make est aussi utilisé dans des expressions ou des contextes dans lesquels **on provoque ou cause quelque chose**.

To make someone happy — Rendre quelqu'un heureux

To make a decision — Prendre une décision

DO

Do est utilisé pour des **activités du quotidien,** des **tâches** ou des **travaux**.

They are doing the dishes. — Ils font la vaisselle.

Do est aussi utilisé dans certaines **expressions courantes** comme :

Do your best — Fais de ton mieux.

RENDEZ-VOUS AMOUREUX

Ah ! l'amour... Voici un dialogue entre deux personnages. C'est l'histoire d'un rendez-vous qui a eu lieu la veille dans un café et qui s'est plutôt bien passé. Franchement, ça semble être bien parti !

— Hey Tom, how was your date yesterday?

— Hey, actually it was pretty awesome, he took me to a cosy cafe.

— Oh sounds great, tell me more about the date and about him.

— It was really smooth between the two of us, I was quite surprised. We talked about hobbies, our love experiences and stuff.

— What was he like? You found him attractive?

— He was kind a flirty, really attractive. He's a reaaally handsome guy.

— Ohh, is it love at first sight or what?

— Nooo! We told each other that we would take our time.

— So, is the next date planned?

— Yup. Museum date.

— Sounds like a really good start. I'm really happy for you.

— Hé Tom, comment s'est passé ton rendez-vous hier ?

— Ah, en fait, c'était plutôt cool, il m'a emmené dans un petit café sympa.

— Oh c'est super, raconte-moi : qu'est-ce que vous avez fait ? Il est comment ?

— Ça s'est vraiment bien passé entre nous, j'étais assez surpris. On a parlé de nos hobbies, de nos expériences amoureuses et tout ça.

— Il était comment ? Tu l'as trouvé attirant ?

— Il était du genre à flirter, vraiment attirant. Il est vraiment beau, ce mec.

— Ohh, c'est le coup de foudre, on dirait ?

— Nooon ! On s'est dit qu'on allait prendre notre temps.

— Alors, le prochain rendez-vous est déjà prévu ?

— Oui. On ira au musée.

— Ça semble bien parti. Je suis vraiment content pour toi.

VOCABULAIRE

L'AMOUR

FRANÇAIS		ANGLAIS
Aimer	–	*To love*
Être amoureux	–	*To be in love*
Avoir le béguin	–	*To have a crush*
Être fou amoureux	–	*To be lovesick*
Petit copain	–	*Boyfriend*
Petite copine	–	*Girlfriend*
Sortir avec quelqu'un	–	*To date somebody*
Tomber sous le charme de quelqu'un	–	*To fall for someone*
Flirter	–	*To flirt*
Prendre un râteau	–	*To get a knock back*
Draguer	–	*To hit on*
S'embrasser	–	*To kiss*
Faire l'amour	–	*To make love*
Un coup d'un soir	–	*A one night stand*
Demander en mariage	–	*To propose*
Faire des câlins	–	*To cuddle*
Avoir le cœur brisé	–	*To be heartbroken / brokenhearted*
Histoire d'amour	–	*Love story*
Relations amoureuses	–	*Love experiences*
Le coup de foudre	–	*Love at first sight*
Âme sœur	–	*Soulmate*
Le grand amour	–	*True love*
Une relation / Un couple	–	*A relationship*
Célibataire	–	*Single*
Se marier	–	*To get married*
Se fiancer	–	*To get engaged*
Déclarer sa flamme	–	*To declare your love*
Épouser	–	*To marry*
Baratiner quelqu'un	–	*To smooth-talk*

VOYAGE : *TRAVEL*, *TRIP* OU *JOURNEY* ?

JOURNEY

Journey est plutôt utilisé pour parler d'une **aventure**, de quelque chose de périlleux, ou encore d'un **voyage métaphorique** ou **spirituel**.

Par exemple :

Life is a journey. — La vie est un voyage.

On pourrait aussi employer *journey* lorsqu'on parle de quelqu'un qui a vécu de nombreuses épreuves de la vie avant d'en arriver où il en est maintenant.

Mais c'est aussi l'acte de voyager d'un endroit à un autre.

Have a good journey! — Bon voyage !

How was your journey? — Avez-vous fait bon voyage ?

TRAVEL

Travel est un mot plus général, à privilégier pour un usage courant : il désigne **un déplacement d'un endroit à un autre, plutôt long**. Il existe le verbe *to travel*.

Par exemple :

Travels can be funny, but also exhausting. — Les voyages peuvent être amusants, mais également fatigants.

I love to travel. — J'aime voyager.

TRIP

Trip désigne un voyage plus court qui a un but bien précis et qui implique un aller-retour.

Par exemple :

He took a business trip to Lyon. — Il a fait un voyage d'affaires à Lyon.

TOUT : *ALL* OU *WHOLE* ?

ALL

Il signifie « tout, tous, toutes ».

Il est tilisé pour désigner la totalité d'un groupe, d'une catégorie ou un ensemble de choses, de personnes, etc.

Il peut être employé avec des noms dénombrables ou indénombrables.

Par exemple :

All the people — Toutes les personnes

All the furniture — Tous les meubles [*furniture* est un nom indénombrable]

All the students passed the exam. — Tous les étudiants ont réussi l'examen.

All of the water was spilled. — Toute l'eau a été renversée.

All day — Toute la journée, *all week* — toute la semaine, *all year* — toute l'année

All peut être utilisé avec ou sans article :

All students / All the students — Tous les étudiants

WHOLE

Il signifie « entier, entière ».

Il est utilisé pour désigner quelque chose dans son intégralité, souvent une seule entité considérée comme un tout.

Il est surtout employé avec des noms dénombrables au singulier.

Par exemple :

The whole family — Toute la famille

The whole city — Toute la ville

She ate the whole cake. — Elle a mangé le gâteau entier.

I spent the whole day working. — J'ai passé toute la journée à travailler.

He read the whole book. — Il a lu le livre entier.

Whole est souvent utilisé avec un article défini ou possessif :

The whole cake — Le gâteau entier

My whole life — Toute ma vie

VOCABULAIRE

LES SIGNES TYPOGRAPHIQUES ET DE PONCTUATION

Voici le nom des principaux signes typographiques utiles quand tu dois rédiger.

& – *and sign / ampersand*

@ – *at symbol*

, – *comma*

; – *semicolon*

: – *colon*

? – *question mark*

! – *exclamation mark*

) – *parenthesis*

[– *Bracket*

' – *apostrophe*

. – *dot / full stop*

" – *quotation marks*

- – *hyphen*

_ – *underscore*

... – *ellipsis*

+ – *plus*

- – *minus*

***** – *asterisk*

– *hashtag*

= – *equals*

% – *percentage*

/ – *forward slash*

**** – *backward slash*

÷ – *divided by*

°C – *degree Celsius*

3 FAÇONS DE DIRE « PARCE QUE », « PUISQUE »

BECAUSE

C'est évidemment le mot le plus répandu dans un registre neutre. L'accent est clairement mis sur la cause.

Par exemple :

Je l'ai fait parce que c'était nécessaire. — *I did it because it was necessary.*

AS / SINCE

Ils sont souvent utilisés lorsque la raison est déjà connue ou évidente, ou dans des contextes où l'accent n'est pas principalement mis sur la cause, mais davantage sur le résultat. Le registre est soutenu. *As* est plus littéraire et donc moins employé dans les conversations quotidiennes.

Par exemple :

Puisque tu es là… — *Since you are there…*

Puisqu'il commençait à se faire tard… — *As it was getting late…*

RÉDIGER UN E-MAIL

Que ce soit dans le milieu professionnel ou pour répondre à des organismes administratifs, bien tourner ses e-mails fait toute la différence. Voici quelques clés pour la rédaction.

LA FORMULE DE SALUTATION

• Tu connais le nom de ton interlocuteur mais tu veux rester formel :

Good morning / Good afternoon, Mr. / Mrs. [+ Nom],

Dear Mr / .Mrs. [+ Nom],

Dear [+ Prénom], (si tu as l'habitude d'appeler la personne par son prénom, ou si tu veux être un petit peu moins formel)

• Tu ne connais pas le nom de ton interlocuteur :

To whom it may concern,

Hello,

Good morning / Good afternoon,

Dear Sir / Madam...,

• Tu connais bien ton interlocuteur :

Hi...

Hey...

LA PHRASE D'OUVERTURE

• Tu réponds à un e-mail qu'on vient de t'envoyer :

Thanks for getting back to me (dans le cas où il y a déjà eu premier échange et que la personne répond à ton mail) — Merci pour votre réponse.

Thanks for your prompt reply (plus formel que celle d'avant, mais s'utilisera dans des cas similaires) — Merci pour votre réponse rapide.

Thank you for your consideration regarding... (si tu as au préalable fait une demande sur un sujet précis) — Je vous remercie d'avoir étudié ma demande de...

Thank you for your quick answer... (pour remercier d'une réponse rapide) — Merci pour votre réponse rapide.

• Tu envoies un e-mail en premier :

I hope this email finds you well. — J'espère que vous allez bien.

I hope you're doing well. — J'espère que vous allez bien.

L'INTRODUCTION

• Tu veux mettre l'accent sur un sujet précis :

I am writing in reference to / I'm writing regarding...

— Je vous écris au sujet de...

• Ton but est d'informer :

I just wanted to let you know... — Je souhaitais vous informer que...

I just wanted to update you on... — Je souhaitais revenir sur...

I just wanted to tell you... — Je souhaitais vous dire que...

LE SUJET

Il est temps désormais de passer au sujet principal de ton e-mail. Pour cette partie, il va être difficile pour moi de te donner des astuces ou des constructions de phrase précises, car elles dépendront beaucoup du contenu et du sujet de ton e-mail.

Un conseil :

Va droit au but pour ne pas perdre ton interlocuteur dans un flot d'informations. Utilise les mots outils pour structurer ton argumentation. *Voir page 84.*

FORMULER LA RÉPONSE À DONNER À TON INTERLOCUTEUR

Une fois cela fait, la suite logique voudrait que tu conclues ton e-mail, mais, avant ça, je vais t'indiquer quelques manières de répondre de façon concise, si c'est ce que ton interlocuteur souhaite. Car dans de nombreux cas, la réponse attendue ne sera pas très longue et sera bien souvent un accord, un désaccord ou un renseignement sur des disponibilités.

• Tu souhaites dire oui, mais un peu mieux qu'avec un simple *yes* :

That / It sounds good to me. — Ça me semble bien.

Cette version n'est pas la plus formelle, mais elle convient dans tous les contextes.

That / It works for me. — Ça me va totalement.

I completely agree with... — Je suis entièrement d'accord avec...

• Tu souhaites dire non, mais un peu mieux qu'avec un simple *no* :

I understand (the situation) but... — Je comprends (la situation), mais...

To be honest, I believe... — À vrai dire, je pense que...

Voilà deux manières d'exprimer ton désaccord, tes doutes, sans forcément le faire de manière très brutale.

It's out of the question — C'est hors de question

Là, tu exprimes ton désaccord de manière très frontale. À ne pas faire dans tous les contextes et avec n'importe quel interlocuteur...

• En cas de désaccord :

Si tu te retrouves dans le cas de l'expression du désaccord, il est rare de s'arrêter à ce stade sans offrir de suggestion ou d'autre alternative à la proposition initiale.

How about + verbe au gérondif *-ing* — Que dirais-tu de...

C'est une version un peu familière, donc à ne pas utiliser dans tous les contextes et avec n'importe qui.

Instead, we should... — À la place, nous devrions...

Cette version, un peu plus formelle que la précédente, est assez passe-partout.

My suggestion would be to... — Je suggère de...

Cette version, encore une fois assez passe-partout, est la plus formelle des trois et témoigne d'une envie de trouver un terrain d'entente avec l'interlocuteur.

• Tu confirmes un rendez-vous :

Si tu souhaites confirmer un rendez-vous, dans la même idée que l'accord ou le désaccord, il te faudra adapter ta réponse en fonction du contexte et de ton interlocuteur.

Friday is / sounds good to me — Vendredi me va totalement...

Cette construction de phrase est à utiliser dans des contextes relativement peu formels.

I'd like to confirm... — j'aimerais confirmer...

Cette version est plus formelle que la précédente, assez passe-partout, qu'importe l'interlocuteur.

I am writing to confirm an appointment with you... — Je vous écris pour confirmer un rendez-vous avec vous...

Cette version, la plus formelle de toutes, est à utiliser dans le cas où tu écris un e-mail uniquement au sujet du rendez-vous. Si ton e-mail aborde un autre sujet, tu devras ajouter *also* juste après *I am*.

LA FORMULE DE POLITESSE

Avant de conclure ton e-mail, tu vas devoir passer par une énième, mais toujours bonne à placer, formule de politesse. Son choix dépendra encore une fois de l'interlocuteur, ainsi que du registre.

Thank you in advance... — Merci d'avance...

Formule relativement cordiale, passe-partout.

Should you need any further information... — Si vous avez besoin d'une quelconque information supplémentaire...

Formule à utiliser si tu donnes des infos dans ton e-mail.

I look forward to hearing from you soon. — Dans l'attente de vous / te lire.

Formule très polie qui implique le fait que tu es dans l'attente d'une réponse de ton interlocuteur.

Have a nice day! — Bonne journée !

À l'inverse des trois autres, cette formule est à utiliser dans le cas où tu n'attends pas forcément de réponse supplémentaire de la part de ton interlocuteur.

LA CONCLUSION

Voici les formules de salutations les plus courantes en anglais :

Best regards

Best wishes

All the best

Kind regards

Sincerely

Cordially

Yours sincerely est la forme à utiliser lorsque tu connais le nom et le titre de la personne, tandis que *Yours faithfully* est celle à utiliser lorsque tu ne connais pas le nom de la personne.

EN EFFET : *INDEED, IN FACT* OU *ACTUALLY* ?

En français, lorsqu'on veut introduire un argument, on utilise assez souvent la locution « en effet ». En anglais, en fonction du contexte, de tes intentions ou encore du registre, il te faudra choisir entre *indeed*, *in fact* ou *actually*.

INDEED

Privilégie *indeed* lorsque tu veux **confirmer** ou **renforcer** quelque chose qui vient d'être dit, souvent en mettant l'accent et / ou en montrant un accord total sur ce point précis.

Par exemple :

There is indeed a calculation mistake. — Il y a effectivement une erreur de calcul.

IN FACT

Privilégie *in fact* si tu veux **clarifier quelque chose de potentiellement faux** ou erroné, et lorsque tu souhaites **ajouter des informations** pour **corriger** ce qui vient d'être dit. Tu l'utiliseras donc pour **contredire** ou pour parler de quelque chose de relativement surprenant.

Par exemple :

In fact, they went out pretty early. — En fait / réalité, ils sont sortis plutôt en avance.

ACTUALLY

Actually est un fauxami : il ne signifie pas « actuellement » (*currently*, en anglais), mais « en réalité », « dans les faits », « en effet ».

Par exemple :

Actually, it's pretty good. — C'est plutôt bon, en effet.

Voir aussi Les mots de liaison, page 84.

DONNER L'HEURE

Voici une belle horloge pour te remettre les idées au clair… Mais en verité, tu peux très bien t'en sortir sans te prendre la tête avec les *past*, *half*, etc. Retiens simplement qu'on utilise en anglais un système horaire sur 12 heures et non de 24 heures comme en France. Ensuite, il te suffit de dire le chiffre en ajoutant *a.m.* ou *p.m.* en fonction de la demi-journée de référence : avant midi (*ante meridiem*) ou après-midi et soir (*post meridiem*).

Par exemple :

Il est 10 h 10. — *It's 10:10 a.m.*

Il est 22 h 10. — *It's 10:10 p.m.*

VOCABULAIRE

LE TOUR DE L'HORLOGE

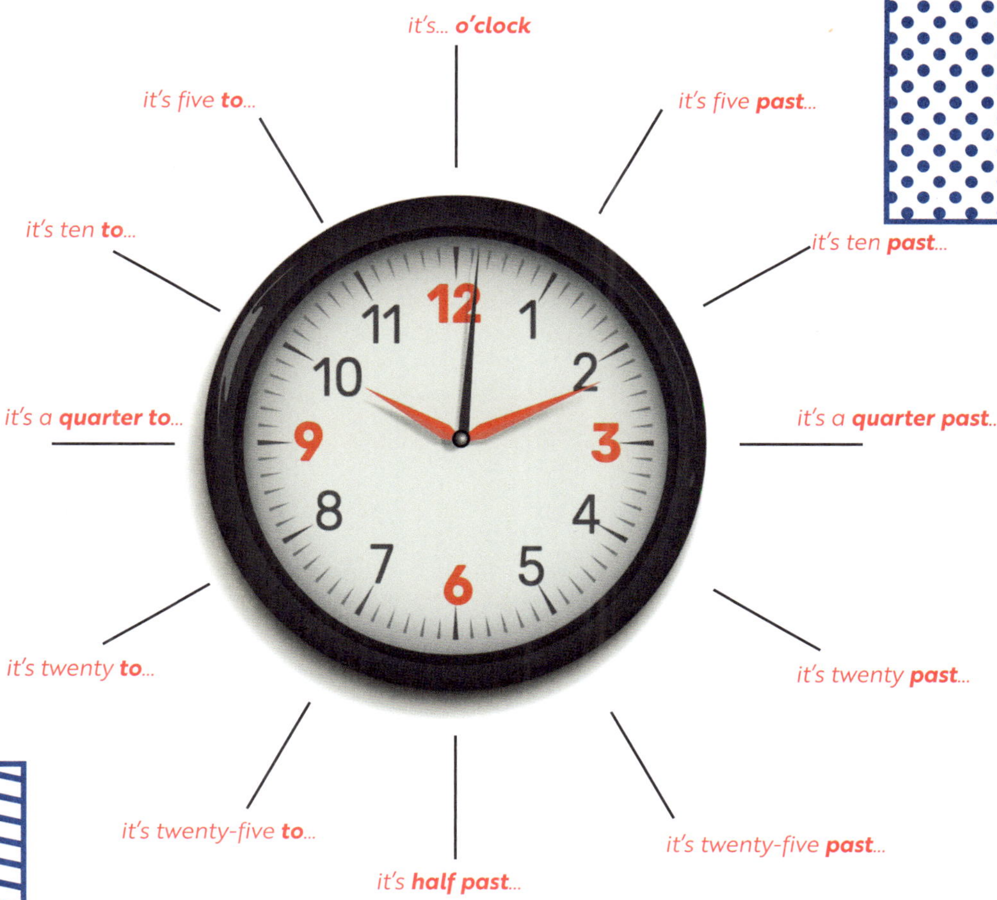

EVER / NEVER / ALREADY / YET / SO FAR

Je suis sûr que tu as toujours rêvé de connaître la différence entre *ever*, *never*, *already*, *yet* et *so far*. Alors, ne t'endors pas et lis ces quelques lignes. Ces adverbes situent des actions dans le temps, selon qu'elles ont eu lieu, ne se sont pas encore produites ou continuent de se produire.

EVER (« UN JOUR », « UNE FOIS » OU « À UN MOMENT DONNÉ »)

Par exemple :

Have you ever been to Paris? — Es-tu déjà allé à Paris ?

If you ever need help, let me know. — Si tu as un jour besoin d'aide, dis-le-moi.

NEVER (« JAMAIS »)

Il est utilisé dans un sens de négation.

Par exemple :

I have never been to Japan. — Je ne suis jamais allé au Japon.

She will never forget this day. — Elle n'oubliera jamais ce jour.

ALREADY (« DÉJÀ »)

Il est utilisé dans les phrases affirmatives pour indiquer que quelque chose s'est produit plus tôt que prévu ou avant un certain moment.

Par exemple :

I have already finished my homework. — J'ai déjà fini mes devoirs.

She has already seen that movie. — Elle a déjà vu ce film.

Voir aussi Le present perfect, pages 86 et 98.

YET (« ENCORE », « DÉJÀ » OU « PAS ENCORE »)

Il est utilisé dans des phrases interrogatives et négatives pour parler d'une action qui n'est pas encore réalisée, mais dont la fin est attendue. Il est souvent positionné à la fin des phrases.

Par exemple :

Have you finished your homework yet? — Alors, tu as fini tes devoirs ? [c'est plutôt une réprimande...]

I haven't eaten yet. — Je n'ai pas encore mangé.

SO FAR (« JUSQU'À PRÉSENT », « POUR L'INSTANT »)

Il est utilisé pour parler de ce qui s'est produit jusqu'à un moment donné (généralement maintenant), en soulignant que l'action pourrait se poursuivre.

Par exemple :

So far, everything has gone well. — Jusqu'à présent, tout s'est bien passé.

We haven't found any problems so far. — Nous n'avons trouvé aucun problème jusqu'à présent.

VOCABULAIRE

4 EXPRESSIONS POUR DÉCRIRE L'HUMEUR

LA TRISTESSE

To feel under the weather

Littéralement, c'est « se sentir en deçà du temps qu'il fait ». L'idée est bien de ne pas se sentir en forme ; c'est bof bof, quoi.

To feel down

C'est le coup de blues… On se sent déprimé…

LA JOIE

To be on cloud nine

Allez, on se reprend et on positive ! L'expression ressemble fort à la française : « Être sur un nuage ». Tout se passe bien dans la vie.

LA FATIGUE

I am dead tired

Indéniablement, tu es « mort de fatigue ».

LA LASSITUDE

I'm fed up

Enfin, si tu en as marre de quelque chose ou de quelqu'un, tu peux l'exprimer en seulement deux mots qui sont *fed up.*

GROSSE FATIGUE...

Il y a quelques pages de cela nous avons pu voir un dialogue dans lequel une personne annonçait une bonne nouvelle à son partenaire. Mais, comme dans la vraie vie, le travail n'est pas toujours tout rose. C'est pourquoi, dans ce dialogue, je raconte à ma copine à quel point la journée a été fatigante et que désormais, ma seule envie est de dormir. Tu as déjà connu ça, n'est ce pas ?

— Hey babe, are you okay? You look like a zombie!

— To be honest, I feel like one. It was such a long day... I'm absolutely exhausted.

— What happened? Tough day at work?

— Yeah, it was nonstop. Meetings, deadlines, and then my boss came in and threw a last-minute task. I barely had time to breathe today...

— A hard day then... Do you want to talk about it, or do you just need to crash?

— Honestly, all I can think about is sleep.

— No worries. I get it. You've earned some rest. How about I make you something quick to eat, and then you head straight to bed?

— That sounds amazing. I don't even care about dinner right now, I just want to sleep for a week.

— Alright, we'll keep it simple, instant noodles or something like that. You go and have a bath, change into something comfy, and I'll handle the rest, don't worry.

— You're the best. I'm really about to pass out. Thanks for understanding.

— No worries! Just focus on resting. Tomorrow's a new day.

— Eh, chéri, tu vas bien ? Tu as une tête de zombie !

— Pour être honnête, j'ai l'impression d'être un zombie. La journée a été longue, je suis absolument épuisé.

— Qu'est-ce qui s'est passé ? La journée a été dure au travail ?

— Oui, ça n'a pas arrêté. Réunions, deadlines, et puis mon boss est arrivé et m'a donné un truc à faire à la dernière minute. Je n'ai pas eu un moment pour respirer aujourd'hui...

— Une dure journée donc... Tu veux en parler, ou tu as juste besoin de te poser ?

— Honnêtement, je ne pense qu'à aller me coucher.

— Pas de souci. J'ai compris. Tu as bien mérité de te reposer. Et si je te préparais quelque chose de rapide à manger, et ensuite au dodo ?

— Top ! je n'ai même pas envie de dîner, je pourrais dormir pendant une semaine.

— D'accord, on va faire simple, des nouilles instantanées ou un truc comme ça. Tu vas prendre une douche, te changer et mettre un vêtement confortable, et je m'occupe du reste. Ne t'inquiète pas.

— Tu es la meilleure. Je suis vraiment sur le point de décéder. Merci de ta compréhension.

— Pas de souci ! Repose-toi. Demain est un autre jour.

4 USAGES DE *ABOUT*

AU SUJET DE

L'une des premières significations de *about* que l'on apprend en cours d'anglais est « au sujet de ».

Pour que tu comprennes bien son utilisation, rien de plus concret que de donner quelques exemples :

This is about him, not you. — C'est par rapport à lui, pas toi.

What about you? — Et toi, quoi de neuf ?

ÊTRE SUR LE POINT DE…

To be about to indique l'intention d'entreprendre une action.

Par exemple :

I was about to call you. — J'allais t'appeler.

QUE DIRAIS-TU / DIRIEZ-VOUS DE… ? ET SI… ?

How about + verbe au gérondif

ou bien

What about + verbe au gérondif

pemettent de lancer une initiative.

Par exemple :

How about having a drink? — Que diriez-vous de prendre un verre ?

What about taking driving lessons? — Et si tu prenais des leçons de conduite ?

ENVIRON

Enfin *about* introduit l'idée d'une quantité estimée.

Par exemple :

It was about 10:30 p.m. when he arrived. — Il était environ 22 h 30 quand il est arrivé.

It's about 50 euros. — C'est environ 50 euros.

That's about it. — C'est à peu près tout.

VOCABULAIRE

5 EXPRESSIONS COURANTES EN ANGLAIS

TO SLEEP ON IT

L'une des traductions les plus courantes de cette expression est : « La nuit porte conseil. »

I will sleep on it. — Je vais y réfléchir.

Mais dans un registre familier en américain, elle peut signifier « sous-estimer ».

Par exemple :

Bro, you slept on that movie. — Frérot, t'as grave sous-estimé ce film.

IT'S UP TO SOMEONE

Pour dire à quelqu'un que le choix lui appartient :

It's up to you. — C'est comme tu le sens / comme tu veux.

THAT'S THE LAST STRAW

La patience a ses limites...

That's the last straw. — C'est la goutte d'eau qui fait déborder le vase.

IT'S A PIECE OF CAKE / EASY PEASY LEMON SQUEEZIE

Si tu veux dire que quelque chose à été super simple :

It's a piece of cake! / Easy peasy lemon squeezie! ou simplement *Easy peasy* — C'est du gâteau !

YOU CAN'T JUDGE A BOOK BY ITS COVER

Et voici un adage pour t'inviter à ne pas prendre de décisions hâtives en se fiant à ta première impression.

On ne peut pas juger un livre à sa couverture. Ou, plus usuel en français, l'habit ne fait pas le moine.

LES PHRASAL VERBS (2) : *TO COME*

Revenons sur les verbes à particule et attardons-nous sur les différents sens que le verbe *to come* peut prendre en fonction de la préposition qui suit.

Come on est sûrement l'une des expressions les plus courantes en anglais. Elle peut être utilisée pour « encourager quelqu'un », pour « presser quelqu'un » ou bien encore pour « provoquer quelqu'un ».

Come on, let's go! We're going to be late. — Allez, dépêchons-nous ! On va être en retard.

À noter qu'en argot *come on* peut aussi avoir ce sens de « faire du rentre-dedans » en parlant d'une personne qui en drague une autre.

Come over est la locution la plus répandue et signifie : « passer quelque part », « faire un petit coucou » ou encore « rester plus longtemps ».

Why don't you come over to my place for dinner tonight? — Pourquoi ne viendrais-tu pas chez moi pour dîner ce soir ?

Come across a un sens proche de « tomber sur quelque chose », « trouver quelque chose », avec une idée de hasard, un peu sans faire exprès.

I came across an old photo of us while cleaning the attic. — Je suis tombé sur une vieille photo de nous en nettoyant le grenier.

Il peut aussi être employé pour exprimer l'idée que quelque chose (un message bien souvent) est bien passé ou qu'une personne fait bonne impression.

Olivia comes across as a nice girl. — Olivia donne l'impression d'être sympathique.

Come along a une idée d'« accompagnement », de « se joindre à ». Il est donc à utiliser lorsque tu veux proposer une sortie ou une activité à quelqu'un, par exemple. Il peut aussi, selon le contexte, avoir le sens d'« entrer dans la vie de quelqu'un ».

We're going to the park. Do you want to come along? — Nous allons au parc. Tu veux venir avec nous ?

Come up with : on se rapproche de l'invention ou de l'idée un peu venue de nulle part.

She came up with a brilliant idea for the project. — Elle a trouvé une idée brillante pour le projet.

Come down exprime l'idée que « le tout se résume à… », ou bien, dans d'autres contextes, il signifie « descendre » ou « diminuer ».

In the end, it all comes down to how much effort you're willing to put in. — En fin de compte, tout se résume aux efforts tu es prêt à fournir.

The price of electronics has really come down in recent years. — Le prix des appareils électroniques a vraiment baissé ces dernières années.

Comme tu peux le voir depuis les premières pages consacrées aux verbes à particule, le sens peut beaucoup changer en fonction du contexte et de la préposition employée. Tout cela peut sembler un peu compliqué de prime à bord, mais, à force de les rencontrer, tu finiras par les manier avec aisance.

5 EXPRESSIONS AVEC DES NOMS D'ANIMAUX

THE ELEPHANT IN THE ROOM

En anglais, lorsque l'on parle d'un truc tellement gros que tout le monde est au courant, mais qui reste un sujet tabou pour certaines personnes et une cause de fâcherie, on utilisera l'expression : *The elephant in the room.*

IT'S RAINING CATS AND DOGS

Certainement une des expressions les plus connues…

It's raining cats and dogs. — Il pleut des cordes.

TO KILL TWO BIRDS WITH ONE STONE

Faire quelque chose qui permet d'obtenir deux résultats.

To kill two birds with one stone. — Faire d'une pierre deux coups.

BARKING UP THE WRONG TREE

Pour notre quatrième expression, laissons tranquilles nos amis les oiseaux et allons du côté du meilleur ami de l'homme : le chien !

Barking up the wrong tree. — Faire fausse route. / Se mettre le doigt dans l'œil.

TO LET THE CAT OUT OF THE BAG

Et dans le sens de « révéler quelque chose sans le vouloir ».

To let the cat out of the bag. — Vendre la mèche.

LA PLACE DES ADVERBES DE FRÉQUENCE

Au début, au milieu, à la fin de la phrase ? Mais où placer ces adverbs de fréquence ?

POSITION DE BASE

Les adverbes de fréquence se placent généralement avant le verbe principal, mais après l'auxiliaire si la phrase en contient un.

Avec un verbe principal

I always eat breakfast. — Je prends toujours un petit déjeuner.

She often goes to the gym. — Elle va souvent à la salle de sport.

Avec un auxiliaire

I have never been to Paris. — Je ne suis jamais allé à Paris.

AVEC LE VERBE *TO BE*

Les adverbes de fréquence se placent après ce verbe.

Par exemple :

He is sometimes late for work. — Il est parfois en retard au travail.

They are always happy. — Ils sont toujours contents.

DANS LES QUESTIONS

Les adverbes de fréquence se placent généralement avant le verbe principal.

Par exemple :

Do you usually go to bed early? — Est-ce que tu te couches tôt généralement ?

Does she often visit her grandparents? — Est-ce qu'elle rend souvent visite à ses grands-parents ?

DANS LES PHRASES NÉGATIVES

Les adverbes de fréquence sont placés avant le verbe principal.

Par exemple :

I do not usually eat junk food. — Je ne mange pas de junk food généralement.

He does not always finish the books he read. — Il ne termine pas toujours les livres qu'il lit.

POUR ACCENTUER UNE IDÉE

Si tu souhaites insister sur l'importance d'une certaine fréquence, place l'adverbe dès le départ.

À l'inverse, si tu souhaites rester relativement neutre, place-le à la fin de la phrase.

Par exemple :

Sometimes, sleeping is the better option. — Parfois, dormir est la meilleure des options.

(L'accent est mis sur le côté occasionnel.)

Sleeping is the better option sometimes. — Dormir est la meilleure des options parfois.

Les adverbes de fréquence peuvent aussi être employés dans des phrases interrogatives introduites par *how* :

How often do you go to the gym? — À quelle fréquence vas-tu à la salle de sport ?

Tu trouveras en page suivante une liste des adverbes de fréquence les plus courants en anglais.

VOCABULAIRE

LES ADVERBES DE FRÉQUENCE

FRANÇAIS	—	ANGLAIS
Toujours	—	*Always*
Constamment	—	*Constantly*
Généralement	—	*Generally*
D'habitude	—	*Usually*
Normalement	—	*Normally*
À plusieurs reprises	—	*Repeatedly*
Régulièrement	—	*Regularly*
Fréquemment	—	*Frequently*
Souvent	—	*Often*
De temps en temps	—	*Occasionally*
Quelquefois	—	*Sometimes*
Rarely	—	*Rarement*
Hardly ever	—	*Presque jamais*
Never	—	*Jamais*

UTILISER L'HUMOUR

L'humour anglais et l'humour français sont tous deux riches et variés, mais ils diffèrent souvent dans leur ton, leur style et leurs références culturelles. Voici quelques-unes des principales différences afin de ne pas faire de faux pas.

LE TON ET LE STYLE

L'humour britannique peut sembler subtil et indirect. Les Britanniques n'hésitent pas à se moquer d'eux-mêmes, à tourner en ridicule leur société, ou à adopter une approche stoïque face à des situations embarrassantes. Des séries comme *Monty Python* ou *The Office* en sont de bons exemples.

En France, l'humour tend à être plus direct.

L'IRONIE ET LE SARCASME

Le sarcasme est une part importante de cet humour, avec une manière détachée de livrer la blague.

Ainsi, un Britannique pourrait dire *"Well, that went brilliantly!"* (Cela s'est brillamment passé !) après un échec total.

Côté français, l'ironie et le sarcasme sont très clairs, notamment dans la critique sociale. Les jeux de mots et les phrases à double sens sont très présents.

L'ABSURDE

C'est un élément majeur de l'humour britannique, où les situations sans logique et les comportements décalés font rire. Le non-sens est souvent utilisé.

L'absurde est moins central dans l'humour français, bien que certains comiques comme *Raymond Devos* aient exploité ce registre.

LA DISTANCE ÉMOTIONNELLE

Les Britanniques ont tendance à garder une certaine distance lorsqu'ils font de l'humour, préférant rester impassibles, même lorsque la situation est drôle. Ce "deadpan delivery" (ton impassible) est typique dans les blagues britanniques, renforçant l'ironie.

L'humour français peut être plus expressif et exagéré, surtout dans les comédies de situation ou les spectacles comiques dans lesquels les émotions jouent un grand rôle. Les personnages sont souvent très démonstratifs.

LES THÈMES

Les thèmes peuvent être très variés, mais les Britanniques aiment se moquer de leur propre rigidité, des conventions sociales, et des situations quotidiennes banales. L'humour noir et cynique est également courant.

En France, l'humour tourne souvent autour de la société, de la politique, de la vie quotidienne, des relations amoureuses et des comportements humains. La satire politique est plus présente dans l'humour français.

Page suivante, tu retrouveras une liste de mots liés au thème de l'humour.

VOCABULAIRE

L'HUMOUR

FRANÇAIS	—	ANGLAIS
Blague	—	*Joke*
Blague de mauvais goût	—	*Bad joke*
Amusant	—	*Amusing*
Drôle	—	*Funny*
Hilarant	—	*Hilarious*
Sens de l'humour	—	*Sense of humour*
Comique	—	*Comical*
Amusement	—	*Fun*
Farce	—	*Prank*
Rire	—	*To laugh*
Pleurer de rire	—	*To cry laughing / To be in tears*
S'amuser	—	*To have fun*
MDR	—	*LOL*
Faire l'idiot	—	*To fool around*
Glousser	—	*To cackle*
Se moquer	—	*To make fun of*
Charrier	—	*To go too far / to push it*
Faire une blague	—	*To make a joke*
Ricaner	—	*To giggle*
Être pince-sans-rire	—	*To be deadpan*

LE FUTUR

Le futur en anglais se forme principalement avec *will* ou *be going to*, tandis que le français utilise des terminaisons spécifiques attachées aux verbes.

WILL

Ce modal se place tout simplement entre le sujet et le verbe.

La négation de *will* est *will not* ou sa forme contractée *won't*.

Par exemple :

Il viendra. — *He will come.*

Il ne viendra pas. — *He won't come.*

Viendra-t-il ? — *Will he come?*

À noter ! *Will* indique une incertitude ou une prédiction d'un événement dont l'issue est incertaine. Il exprime, par ailleurs, une promesse faite à quelqu'un, un engagement.

BE GOING TO

Le **futur proche** est exprimé par *be going to*, avec une idée de réalisation plus concrète de l'action à venir.

Par exemple :

Je vais assister au cours demain. — *I'm going to attend the class tomorrow.*

Je ne vais pas assister au cours demain. — *I'm not going to attend the class tomorrow.*

Vas-tu assister au cours demain ? — *Are you going to attend the class tomorrow?*

Quelques marqueurs de temps

next time — la prochaine fois

next week — la semaine prochaine

next month — le mois prochain

next year — l'année prochaine

tomorrow — *demain*

in a few days / weeks... — dans quelques jours / semaines

RÉSERVER UNE CHAMBRE D'HÔTEL

Je vais te plonger dans la situation d'un touriste qui souhaiterait réserver une chambre d'hôtel pour deux.

L'échange se passe au téléphone et nous allons réserver une chambre pour deux nuits au *Lilianglais Hotel* (original comme nom n'est-ce pas ?). C'est parti !

— Good morning, Lilianglais Hotel. How can I help you today?

— Hi, I would like to book a room, please.

— Sure. How many nights would you like to stay?

— I'd like to stay for two nights.

— Alright, and when will you be checking in?

— I will check in on October 13th.

— Great. How many people will be staying in the room?

— Two people.

— Do you have a preference for the type of room? We have double rooms and suites.

— A double room, please.

— Sure, let me check the availability. Yes, we have a double room available for those dates. The rate is £175 per night. Is that okay?

— Yes, that's fine.

SITUATION

TO FRENCH

— Bonjour, Hôtel *Lilianglais*. Que puis-je faire pour vous ?
— Bonjour, je voudrais réserver une chambre, s'il vous plaît.
— Bien sûr. Pour combien de nuits ?
— J'aimerais rester deux nuits.
— D'accord, et quand arriverez-vous ?
— Le 13 octobre.
— Très bien. Combien de personnes séjourneront dans la chambre ?
— Deux personnes.
— Avez-vous une préférence pour un type de chambre ? Nous avons des chambres doubles et des suites.
— Une chambre double, s'il vous plaît.
— D'accord, laissez-moi vérifier la disponibilité. Oui, nous avons une chambre double disponible pour ces dates. Le tarif est de £175 par nuit. Cela vous convient-il ?
— Oui, c'est parfait.

Après ça, on te demandera sûrement des infos telles que ton nom, ton prénom, on te confirmera ta réservation, et puis ce sera à peu près tout. Comme tu peux le voir, rien de bien compliqué dans la réservation d'une chambre d'hôtel. C'est du vocabulaire relativement simple, et il n'est pas besoin de faire des phrases détaillées. Comme toujours, il te suffit d'être précis et concis.

VOCABULAIRE

L'HÔTELLERIE

FRANÇAIS	–	ANGLAIS
Une chambre simple	–	*A single room*
Une chambre avec deux lits simples	–	*A twin room*
Chambre double	–	*A double room*
Une suite	–	*A suite*
Un lit	–	*A bed*
Un lit superposé	–	*A bunk bed*
Un oreiller	–	*A pillow*
Un drap	–	*A sheet*
Un matelas	–	*A mattress*
Une baignoire	–	*A bath (UK) / a bathtub (US)*
Tout compris	–	*All inclusive*
Petit-déjeuner inclus	–	*Breakfast included*
Un parking	–	*A parking lot (US) / A car park (UK)*
Un sauna	–	*A sauna*
Un jacuzzi	–	*A hot tub*
Enregistrement (arrivée)	–	*Check-in*
Départ	–	*Checkout*
Acompte	–	*Deposit*
Hall	–	*Lobby*
Carte-clé	–	*Key card*
Service en chambre	–	*Room service*

VOIX ACTIVE OU VOIX PASSIVE

Dans la voix active, le sujet exécute l'action : « Lilian mange une pomme ». Dans la voix passive, le sujet subit l'action : « La pomme est mangée par Lilian » (d'accord, c'est bizarre comme formulation… mais ça t'aide à comprendre !). Les anglophones utilisent souvent la voix passive ; il est donc important de bien comprendre sa structure.

EMPLOI : COMPARAISON VOIX ACTIVE / VOIX PASSIVE

Voix active	Voix passive
Le sujet exécute l'action.	Le sujet subit / reçoit l'action.
L'accent est mis sur le sujet.	L'accent est mis sur l'action ou l'objet de l'action.
Le sujet ou la personne est connu(e).	Le sujet ou la personne n'a pas ou peu d'intérêt, est inconnu(e).

COMMENT PASSER À LA VOIX PASSIVE ?

En voix passive, la phrase est construite avec le verbe *to be* au bon temps, suivi du participe passé du verbe principal.

Par exemple :

- Voix active : *Lilian wrote the letter.* — John a écrit la lettre.
- Voix passive : *The letter was written by Lilian* — La lettre a été écrite par John.

À QUOI SERT LA VOIX PASSIVE ?

La voix passive est utilisée pour mettre l'accent sur l'action elle-même ou sur la personne ou la chose qui subit l'action, plutôt que sur celui qui la réalise. Elle est souvent employée dans les cas suivants :

1. Celui ou celle qui fait l'action (l'agent) est inconnu, peu important ou identifiable de manière évidente

Par exemple :

The window was broken — La fenêtre a été cassée.

Ici, on ne sait pas qui est coupable.

2. L'accent est mis sur l'action ou l'objet de l'action plutôt que sur l'agent

Par exemple :

The cake was eaten. — Le gâteau a été mangé.

Ce qui compte ici, c'est que le gâteau a été mangé, pas nécessairement qui l'a mangé.

3. Politesse ou diplomatie

La voix passive permet de rester plus neutre ou formel, surtout dans des situations où l'on veut éviter de blâmer quelqu'un directement.

Par exemple :

Mistakes were made. — Des erreurs ont été commises.

Cela évite de dire directement qui est responsable des erreurs.

4. Style formel

Dans des textes formels, comme des rapports scientifiques ou des articles de presse, la voix passive est souvent utilisée pour plus objectivité.

Par exemple :

The experiment was conducted in 2025. — L'expérience a été réalisée en 2025.

LE MODAL *WOULD*

Le modal *would* est polyvalent et peut exprimer différentes idées comme le conditionnel, la politesse, le souhait, et même l'habitude passée. Passons en revue tous ses usages.

LE CONDITIONNEL

Would est utilisé dans des phrases conditionnelles : il indique ce qui se produirait si une condition était remplie.

Par exemple :
If I had more time, I would travel around the world. — Si j'avais plus de temps, je voyagerais autour du monde.

Note que dans la première partie de la phrase introduite par *if* le verbe est au prétérit. *Would* est utilisé dans la seconde partie de la phrase. C'est comme en français finalement !

LE SOUHAIT OU LA VOLONTÉ

Après le verbe *to wish*, on utilise *would* pour exprimer ce qu'on aimerait que quelqu'un fasse ou ce que l'on espère pour le futur.

Par exemple :
She wishes her friend would listen to her. — Elle aimerait que son amie l'écoute.
I wish you would learn English easily. — J'aimerais que vous appreniez l'anglais facilement.

LA POLITESSE

Would est souvent utilisé pour rendre une demande ou une proposition plus douce, tout comme en français.

Par exemple :
Would you like some coffee? — Est-ce que vous voudriez du café ?
Would you mind opening the window? — Pourriez-vous ouvrir la fenêtre ?

UNE HABITUDE PASSÉE

Would peut exprimer des actions qui étaient habituelles et répétitives autrefois, un peu comme *used to*.

Par exemple :
When I was a child, I would visit my grandparents every summer.
— Quand j'étais enfant, j'allais chez mes grands-parents chaque été.
My father would always sing in the shower.
— Mon père chantait toujours sous la douche.

LES PHRASES AU STYLE INDIRECT

Pour respecter la concordance des temps, lorsqu'on rapporte une déclaration *will* devient *would* au style indirect.

Par exemple :
Style direct : *"I will call you tomorrow", he said.* — « Je t'appellerai demain », a-t-il dit.
Style indirect : *He said he would call me tomorrow.* — Il a dit qu'il m'appellerait demain.

PETIT : *SHORT, SMALL* OU *LITTLE* ?

SMALL, LITTLE

Small et *little* sont très proches. Mais *small* est privilégié pour parler de la taille.

Par exemple :
A small cat — Un petit chat

Little apporte en plus une appréciation personnelle.

Par exemple :
A lovely little cat — Un adorable petit chat

Little s'emploie aussi dans le sens de "peu de".

Par exemple:
I have little time. — J'ai peu de temps.

SHORT

Short signifie « court ».

Par exemple :
It has to be short. — Cela doit être court.

Mais le mot *short*, tout comme le mot « court », peut avoir plusieurs contextes d'utilisation :
– « petit », en termes de taille ; « court », en termes de longueur ;
– « bref » ;
– « succinct » ;
– « un peu petit ».

CHEZ LE COIFFEUR

Décidémment, une bonne coupe ne te ferait pas de mal... C'est toujours un peu risqué d'aller chez le coiffeur sans savoir expliquer quelle coiffure on voudrait, même si on peut toujours montrer une photo du résultat souhaité. Voici un court dialogue type chez le coiffeur. Pour l'occasion, c'est une fille qui parle, mais ce pourrait être un garçon aussi !

— Hi! Welcome to Lilian Hair Salon. How can I help you today?

— Hi! I'd like to have my hair cut and go blonde, please.

— Sounds pretty great! So, you want a short bob cut and a full blonde color, right?

— Yes, exactly. I've had brown hair for a long time, and I'm ready for a change.

— Awesome. How short would you like the bob?

— I'm thinking just above the shoulders, maybe around chin length. Not too short, but definitely a noticeable change.

— Perfect, that will look really great I'm sure! As for the blonde color, are you looking for a specific shade? More of a warm blonde, like golden tones, or something cooler like ash blonde? Or anything else you have in mind!

— I think I wanna go for the ash blonde. I want it to look natural but definitely lighter.

— Got it. Since your hair is brunette, we'll need to lighten it first, then apply the blonde color. It might take a couple of hours. Is it okay for you?

— Yes, that's totally fine!

— Great! I'll start by cutting your hair first to get the shape of the bob, and then we'll move on to the coloring process. Is there anything else you'd like to know before we get started?

— No, that sounds perfect. I'm excited to see the result!

— Wonderful!

SITUATION

TO FRENCH

— Bonjour ! Bienvenue au salon de coiffure *Chez Lilian*. Que puis-je faire pour vous ?

— Bonjour, j'aimerais me faire couper les cheveux et faire une couleur blonde, s'il vous plaît.

— Très bien ! Vous voulez donc un carré court et une coloration, n'est-ce pas ?

— Oui, exactement. J'ai les cheveux bruns depuis longtemps et j'ai envie de changement..

— Génial. Quelle longueur de coupe ?

— Une coupe juste au-dessus des épaules, peut-être au niveau du menton. Pas trop court, mais un changement perceptible.

— Parfait, je suis sûre que ce sera très joli ! Pour ce qui est de la couleur blonde, recherchez-vous une nuance spécifique ? Plutôt un blond chaud, comme les tons dorés, ou quelque chose de plus froid comme un blond cendré ? Ou une autre couleur qui vous plairait !

— Je pense que je vais opter pour le blond cendré. Je veux que ça ait l'air naturel, mais nettement plus clair.

— J'ai compris. Comme vos cheveux sont bruns, nous devrons d'abord les éclaircir, puis appliquer la couleur blonde. Cela prendra quelques heures. Ça vous va ?

— Oui, c'est parfait !

— Super ! Je commencerai par vous couper les cheveux pour faire le carré, puis nous passerons à la coloration. Est-ce que vous avez des questions avant que l'on commence ?

— Non, c'est parfait. J'ai hâte de voir le résultat !

— Super !

LE GÉRONDIF

En anglais, le gérondif correspond à la forme verbale en ***-ing***. Il fonctionne comme un nom. On l'emploie dans plusieurs contextes, notamment après certains verbes, prépositions, et comme sujet ou complément dans une phrase.

COMME SUJET D'UNE PHRASE

Il peut être utilisé comme sujet, comme le serait un nom.

Par exemple :

Swimming is a great exercise. — Nager est un excellent exercice.

COMME COMPLÉMENT D'UN VERBE

Certains verbes sont suivis du gérondif. Après ces verbes, on ne peut pas utiliser l'infinitif.

Par exemple :

*I enjoy **reading**.* — J'aime lire.

*They suggested **going** to the cinema.* — Ils ont proposé d'aller au cinéma.

Voici quelques verbes courants suivis du gérondif : *enjoy, suggest, avoid, consider, finish, mind, miss, practice.*

APRÈS UNE PRÉPOSITION

Quand un verbe suit une préposition, on emploie presque toujours le gérondif.

Par exemple :

She is interested in learning French. — Apprendre le français l'intéresse.

They left without saying goodbye. — Ils sont partis sans dire au revoir.

APRÈS DES EXPRESSIONS ET DES ADJECTIFS SPÉCIFIQUES

Par exemple :

*I'm used to **getting up** early.* — Je suis habitué à me lever tôt.

*He's afraid of **flying**.* — Il a peur de voler / de prendre l'avion.

Mais quelle est la différence entre le gérondif et le participe présent ?

Bien que la forme ***-ing*** existe aussi dans le participe présent (utilisé dans les temps progressifs), le gérondif fonctionne comme un nom, tandis que le participe présent garde sa fonction de verbe.

Gérondif :

Running is healthy. — Le fait de courir est bon pour la santé.

Participe présent :

He is running. — Il est en train de courir.

VOIR / REGARDER : *TO LOOK AT, TO WATCH* OU *TO SEE* ?

TO WATCH / TO LOOK AT

La différence majeure se trouve dans la manière de « regarder ».

• Avec ***to watch***, l'intensité dans le regard est plus grande : on porte beaucoup plus d'attention sur l'objet ou la personne, et plus longtemps.

• Avec ***to look at***, le regard est porté plus brièvement sur quelqu'un ou quelque chose. Ce verbe suppose l'intention de regarder.

Par exemple :

I'm watching TV. — Je regarde la télévision.

Look at me! — Regarde-moi !

TO SEE

To see signifie tout simplement « voir ».

Par exemple :

Did you see that ? — Tu as vu ça ?

LA QUANTITÉ : *SOME* OU *ANY* ?

En anglais, *some* et *any* sont utilisés pour parler d'une quantité indéfinie ou non spécifiée, mais leur usage dépend du contexte.

SOME

Il est généralement utilisé dans les phrases affirmatives et les questions où l'on s'attend à une réponse positive ou bien où l'on propose quelque chose.

Par exemple :

I have some books at home. — J'ai quelques livres à la maison.

Would you like some tea? — Voulez-vous un peu de thé ?

ANY

Il s'emploie dans les phrases négatives et interrogatives pour parler d'une quantité indéfinie, sans idée précise de ce qui est disponible.

Par exemple :

I don't have any money left. — Je n'ai plus d'argent.

Do you have any questions? — Avez-vous des questions ?

On utilise aussi any dans des phrases affirmatives, dans le sens de « peu importe lequel », « peu importe quoi ».

You can take any book you want. — Tu peux prendre n'importe quel livre.

4 USAGES DE TO *GET* COMPRENDRE, DEVENIR, ACHETER, ARRIVER

Ce mot est l'un des préférés des anglophones : *to get*. Je vais te donner, grâce à des exemples, le maximum de contextes d'utilisation.

COMPRENDRE

Il est très courant en anglais, lorsqu'on ne comprend pas quelque chose, de dire :

I don't get it.

Dans ce cas, *get* remplace *understand*.

DEVENIR

Lorsque tu commences à ressentir quelque chose (une émotion), *get* peut être utilisé.

Par exemple :

It's getting on my nerves. — Ça commence à me taper sur le système.

I'm getting hungry. — Je commence à avoir faim.

Ici, *get* a un sens proche de *become*.

ACHETER

Lorsque tu veux dire que tu as acheté quelque chose, tu auras sans doute le réflexe d'utiliser le verbe *to buy* :

I bought a new car. — J'ai acheté une nouvelle voiture.

Mais il est très fréquent d'entendre un anglophone dire :

I got a new car.

ARRIVER

Par exemple :

I got to New York. — Je suis arrivé à New York.

LES RELATIFS

Comme en français, les relatifs sont de petits mots qui relient deux phrases entre elles quand on souhaite donner des informations supplémentaires sur un nom (personne, chose, lieu, etc.) qui se trouve dans la première phrase. Ce sont : ***who***, ***whom***, ***whose***, ***which***, ***what*** et ***that***.

Par exemple :
J'écris un livre. Ce livre vous aidera à apprendre l'anglais.
J'écris un livre **qui** vous aidera à apprendre l'anglais
I'm writing a book. This book will help you learning English.
I'm writing a book ***that*** *will help you learning English.*

La structure est :

Phrase 1 + pronom relatif + phrase 2

À noter

Tu peux de passer des pronoms relatifs *who*, *whom*, *which*, *that* quand ils sont en position de complément.

Par exemple :
The movie ~~that~~ I watched last night wasn't so good.
The lady ~~who~~ we met yesterday was very helpful.

WHO →	**QUI** Personne(s) sujet	*The family who lives next door has a dog.* La famille qui habite à côté a un chien.
WHOM →	**QUI, QUE** Personne(s) complément du verbe	*The person whom you met yesterday is my new assistant.* La personne que tu as rencontrée hier est mon nouvel assistant.
WHICH →	**QUE** Non humains (choses, animaux, idées) complément du verbe	*The book which I borrowed from you is amazing.* Le livre que je t'ai emprunté est super.
THAT →	**QUE** Non humains (choses, animaux, idées) complément du verbe ou sujet Usage plus informel que which	*The house that we visited was really great.* La maison que nous avons visitée était vraiment très bien. *The book that is on the table is mine.* Le livre qui est sur la table est le mien.
WHOSE →	**DONT** Possession	*He's the influencer whose book has just been released.* C'est l'influenceur dont le livre vient d'être publié.
WHAT →	**CE QUE, CE QUI** Choses, idées	*Can you understand what I am trying to explain?* Est-ce que tu comprends ce que j'essaie d'expliquer ?

LE MODAL *COULD*

CAPACITÉ PASSÉE

Could est utilisé pour parler d'une capacité qu'une personne avait dans le passé.

Par exemple :

When I was young, I could run very fast. — Quand j'étais jeune, je pouvais courir très vite.

She could speak three languages when she was a child. — Elle savait parler trois langues quand elle était enfant.

SUGGESTIONS OU POSSIBILITÉS – CONDITIONNEL

Could est souvent utilisé pour proposer une idée ou parler de quelque chose de possible dans le présent ou le futur.

Par exemple :

We could go to the park this afternoon. — Nous pourrions aller au parc cet après-midi.

You could try restarting the computer. — Tu pourrais essayer de redémarrer l'ordinateur.

POLITESSE – CONDITIONNEL

Could permet de formuler des demandes ou des propositions de manière plus polie que *can*.

Par exemple :

Could you help me? — Pourriez-vous m'aider ?

Could I borrow your pen, please? — Pourrais-je emprunter votre stylo, s'il vous plaît ?

HYPOTHÈSE – CONDITIONNEL

On parle de ce qui pourrait se produire dans certaines circonstances.

Par exemple :

If we leave now, we could catch the train. — Si nous partons maintenant, nous pourrions attraper le train.

It could rain tomorrow. — Il pourrait pleuvoir demain.

PERMISSION PASSÉE

Could est aussi utilisé pour indiquer que quelqu'un avait la permission de faire quelque chose dans le passé.

Par exemple :

When I was a kid, I could stay up late on weekends. — Quand j'étais enfant, je pouvais rester éveillé tard le week-end.

SITUATION

MONTAGE DE MEUBLE

On s'est tous déjà retrouvés dans cette terrible situation, celle du montage d'un meuble en kit. Tu fais peut-être partie des grands bricoleurs, mais, pour le commun des mortels, c'est une réelle épreuve. Dans ce dialogue deux amis tentent de monter un meuble d'une célèbre marque.

— So let's get started. I've got the instructions here.

— Great! It won't be too hard, right? It's just a bookshelf, isn't it?

— Well I've heard these things can get tricky, but we'll see I guess. So, step one: attach this panel to the base.

— Which panel? There are like, four of them.

— Uhh, this one, I think? The one with the holes. Got it. What's next?

— Now, we need to use those dowels to connect the pieces.

— Dowels...? Oh, you mean those tiny things? Do we just push them in?

— Yeah, but be careful, don't push too hard. We still need to fit the other panel onto them.

— Got it. They're in... wait, this doesn't look right.

— Hmm, did we screw up something? Probably. Let's check the instructions again.

— Oh, okay, so according to the instructions the dowels go on the other side of the panel. We'll have to take them out.

— Well, okay, let's fix this up.

— Okay, much better. What's next?

— Now we need the screws... could you bring the screwdriver please?

— Sure thing. Do you want the flathead or the Phillips?

— I think it's the Phillips for those screws.

— *Man, this is tougher than I thought. The screws don't want to go in all the way.*

— *Yeah, this furniture isn't as easy as it seems! Try giving it a little more pressure. There we go... okay, this part's done. What now?*

— *We just need to attach the back panel with these tiny nails. Should be easy enough. I'll get the hammer. Almost there... and.... Done! Was it the last step?*

— *Yup, that's it! We're done!*

— *My God, finally! I can't believe we actually did it.*

— *I know, right? It took longer than I expected though.*

— *Yeah, not bad. We can be proud of ourselves.*

— Commençons donc. J'ai les instructions ici.

— C'est super ! Ça ne devrait pas être trop compliqué, hein ? Ce n'est qu'une étagère, après tout ?

— J'ai entendu dire que ces trucs peuvent être compliqués, mais on verra bien. Donc, première étape : fixer ce panneau à la base.

— Quel panneau ? Il y en a quatre.

— Euh, celui-là, je crois ?

— Celui avec les trous. Je l'ai. Qu'est-ce qu'il y a ensuite ?

— Maintenant, nous devons utiliser ces chevilles pour fixer les pièces.

— Des chevilles... ? Oh, tu parles de ces petites choses ? On les enfonce, c'est tout ?

— Oui, mais attention, ne pousse pas trop fort. Il faut encore que l'autre panneau s'emboîte dessus.

— C'est fait. Ils sont en place... attends, ça n'a pas l'air d'aller.

— Hmm, on a raté quelque chose ? Probablement. Revoyons les instructions.

— D'accord, d'après les instructions, les chevilles vont de l'autre côté du panneau. Il va falloir les enlever.

— Bon, d'accord, on va arranger ça.

— Hé bien, c'est beaucoup mieux. Qu'est-ce qu'on fait maintenant ?

— Il nous faut les vis... Tu peux apporter le tournevis, s'il te plaît ?

— Bien sûr. Tu veux le plat ou le cruciforme ?

— Je pense que c'est le cruciforme pour ces vis.

— C'est plus compliqué que je ne le pensais. Les vis ne veulent pas s'enfoncer.

— Oui, ce meuble n'est pas aussi simple qu'il en a l'air ! Essaie d'appuyer un peu plus fort. Et voilà... OK, cette partie est terminée. Et maintenant ?

— Il ne reste plus qu'à fixer le panneau arrière avec ces petits clous. Cela devrait être facile. Je vais chercher le marteau. Nous y sommes presque... et.... C'est bon ! C'était la dernière étape ?

— Oui, ça y est ! On a fini !

— Enfin ! Je n'arrive pas à y croire.

— Je sais bien. Ça a pris plus de temps que prévu.

— Ouais, pas mal. On peut être fiers de nous.

VOCABULAIRE

LA BOÎTE À OUTILS

FRANÇAIS		ANGLAIS
Boîte à outils	–	*Toolbox*
Mètre ruban	–	*Tape measure*
Règle	–	*Ruler*
Rallonge	–	*Extension cord*
Marteau	–	*Hammer*
Clou	–	*Nail*
Vis	–	*Screw*
Rondelle	–	*Washer*
Écrou	–	*Nut*
Étau	–	*Vice*
Serre-joint	–	*Clamp*
Niveau à bulle	–	*Spirit level*
Ciseaux	–	*Scissors*
Perceuse	–	*Drill*
Tourne-vis	–	*Screwdriver*
Jointeuse	–	*Caulking gun*
Couteau à mastic	–	*Putty knife*
Truelle	–	*Trowel*
Lime	–	*File*
Clé	–	*Wrench*
Pince coupante	–	*Wire cutter*
Scie	–	*Handsaw*

ASTUCES

SAVOIR TRADUIRE « J'AURAIS DÛ », « J'AURAIS PU »

Maintenant que nous avons abordé le modal *could*, mais aussi *should* plus tôt dans le livre, je peux désormais aborder le concept des équivalents anglais à : « j'aurais dû » et « j'aurais pu ». Pour construire ces phrases, rien de plus simple.

« J'AURAIS DÛ »

Il te faut suivre la construction suivante :

Sujet + *should* + *have* + participe passé + fin de phrase

Par exemple :

J'aurais dû te donner la clé. — *I should have given you the key.*

« J'AURAIS PU »

Cette fois-ci, il te faut suivre cette construction de phrase :

Sujet + *could* + *have* + participe passé + fin de phrase

Par exemple :

J'aurais pu te donner la clé. — *I could have given you the key.*

GRAMMAIRE

L'HABITUDE *TO USE TO*, *TO BE USED TO* OU *TO GET USED TO* ?

« AVOIR L'HABITUDE DE » AU PRÉSENT : *TO BE USED TO*

Sujet+ *be* + *used to* + verbe + *-ING* + reste de la phrase

Par exemple :
I'm used to working at night — J'ai l'habitude de travailler la nuit.

« AVOIR L'HABITUDE DE » AU PASSÉ : *TO USE TO*

Sujet + used to + verbe

Par exemple :
You used to call me on my company cellphone. — Tu avais l'habitude de m'appeler sur mon téléphone portable

À noter

Would est aussi utilisé pour exprimer une habitude au passé.

When I was living in Paris, I would buy croissants on Sunday morning.

Quand je vivais à paris, j'achetais des croissants le dimanche matin.

« S'HABITUER À » : TO GET USED TO :

Sujet + get + used to + verbe + -ING + reste de la phrase

Par exemple :

I'm getting used to waking up early in the morning.

— Je m'habitue à me réveiller tôt le matin.

USUALLY

On utilise *usually* pour parler d'une habitude au présent, de choses que l'on fait à répétition. Là, tu te dis sûrement : « Mais c'est déjà ce qu'on décrivait avec *to be used to*, non ? Eh bien, oui et non...

To be used to est privilégié pour parler d'une habitude qui a demandé un effort pour être prise. C'est là que se trouve la nuance entre *to get used to* et des mots comme *usually*, *often*, *normally*...

Usually, I wake up early in the morning. — D'habitude, je me réveille tôt le matin.

DÉMÉNAGEMENT

C'est l'heure… Après 2 ans passés à Londres, ton séjour se termine, tu as accumulé des souvenirs, des meubles, des bêtises ici et là, et il est temps de tout emporter. Tu fais donc appel à une société de déménagement pour t'aider dans cette tâche ardue tant tu as accumulé de choses pendant ces 24 mois. Tu vois la scène ? Alors prépare-toi à cette situation grâce à ce petit dialogue.

— *Hello! Thanks for coming early. I'm moving to Rouen in two weeks' time., so I need your help with the move today.*

— *Oh, you're moving to Rouen? That's kinda far from here, ahah, are you moving permanently?*

— *Yes, I'm going back to be closer to my family. I'll be leaving the country right after the move.*

— *I see, that's a big move! We'll make sure everything goes smoothly for you today.*

— *Thank you! Could you start with the boxes in the living room, please?*

— *Sure no problem. Are all the boxes you want to take there?*

— *Yes! Just be careful with the ones labeled "fragile".*

— *Got it! We'll handle those with extra care. Do you have any large furniture that needs disassembling?*

— *Yes, the bed needs to be taken apart.*

— *Perfect, we'll take care of that. How about the wardrobe? Do you want us to move it as is, or do you need us to pack up the clothes inside?*

— *You can leave the clothes inside.*

— *No problem. We'll secure everything and we'll make sure the doors are taped.*

— *How long do you think the whole process will take?*

SITUATION

— It depends, but looking at what we have here, I'd say about four to five hours.

— That sounds good. Let me know if you need anything else.

— Will do! We'll get started with the boxes now and move on to the furniture after. We'll keep you updated.

— Thank you so much. I really appreciate it!

— You're welcome! We'll make sure everything goes smoothly.

TO FRENCH

— Bonjour ! Merci d'être venu tôt. Je déménage à Rouen dans deux semaines, alors j'ai besoin de votre aide pour le déménagement aujourd'hui.

— Oh, vous déménagez à Rouen ? C'est un peu loin, ha ha. Vous partez définitivement ?

— Oui, je rentre pour me rapprocher de ma famille. Je quitterai le pays juste après le déménagement.

— Je vois, c'est un gros déménagement ! Nous allons faire en sorte que tout se passe comme vous le souhaitez aujourd'hui.

— Je vous remercie. Pourriez-vous commencer par les cartons dans le salon, s'il vous plaît ?

— Bien sûr, sans problème. Est-ce que tous les cartons que vous voulez prendre sont là ?

— Oui. Faites juste attention à ceux qui sont étiquetés « fragile ».

— D'accord ! Nous les manipulerons avec le plus grand soin. Avez-vous de gros meubles à démonter ?

— Oui, le lit doit être démonté.

— Parfait, nous nous en occupons. Et l'armoire ? Voulez-vous que nous la déplacions telle quelle ou que nous emballions les vêtements qu'elle contient ?

— Vous pouvez laisser les vêtements à l'intérieur.

— Il n'y a pas de problème. Nous sécuriserons tout et nous nous assurerons que les portes sont bien scotchées.

— Combien de temps pensez-vous que ça va prendre ?

— Cela dépend, mais au vu de ce que nous avons ici, je dirais environ quatre à cinq heures.

— Ça me paraît bien. Dites-moi si vous avez besoin d'autre chose.

— D'accord ! Nous allons commencer par les cartons et nous passerons ensuite aux meubles. Nous vous tiendrons au courant.

— C'est vraiment sympa !

— Il n'y a pas de quoi ! Nous ferons en sorte que tout se passe bien.

LES PHRASAL VERBS (3) : *TO HANG & TO RUN*

Pages 77 et 191, on a parlé de verbes à particule et on s'était attardé sur *to look* et *to come*. Penchons-nous maintenant sur les verbes *to hang* et *to run,* et voyons tous les sens qu'ils peuvent prendre en fonction de la préposition qui suit.

TO HANG

Hang on permet de dire à un interlocuteur de patienter.

Hang on for a moment while I check that information. — Attendez un instant pendant que je vérifie cette information.

Hang out est employé pour évoquer l'idée de « passer du temps » / « traîner » dehors. Lorsque tu veux proposer une sortie à tes amis, tu peux donc l'utiliser.

Do you want to hang out at the park this weekend? — Veux-tu te balader au parc ce week-end ?

Hang on to suggère l'idée de s'accrocher à quelque chose, de la conserver (par exemple parce que tu lui attaches une valeur sentimentale).

You should hang on to that old book; it might be valuable someday. — Tu devrais garder ce vieux livre ; il pourrait valoir quelque chose un jour.

Hang on to peut aussi avoir le sens plus littéral de « s'agripper à quelque chose ».

Hang back signifie « rester en arrière », « rester en retrait ».

I decided to hang back and see what everyone else would do. — J'ai décidé de rester en retrait pour voir ce que les autres allaient faire.

Hang up signifie « raccrocher » dans le contexte d'un appel téléphonique. Si tu y ajoutes *something*, il pourra aussi avoir le sens d'« accrocher quelque chose en hauteur », comme accrocher des vêtements sur un portant, par exemple.

He hung up the phone before I could finish my sentence. — Il a raccroché le téléphone avant que je puisse finir ma phrase.

TO RUN

Run into — croiser quelqu'un, tomber sur quelqu'un dans la rue.

I ran into an old friend at the supermarket yesterday. — J'ai croisé un vieil ami au supermarché hier.

Run away — s'enfuir.

The dog ran away when the gate was left open. — Le chien s'est enfui quand quelqu'un a laissé le portail ouvert.

Run out of — manquer de quelque chose, être à court de quelque chose.

We've run out of milk, can you get some on your way home? — Nous n'avons plus de lait, peux-tu en acheter en rentrant à la maison ?

Run down a le même sens

The battery on my phone is running down; I need to charge it. — La batterie de mon téléphone est presque à plat ; je dois le recharger.

Run (somebody / something) down — critiquer, discréditer.

She spent hours running down all the rumours about her company. — Elle a passé des heures à réfuter toutes les rumeurs concernant son entreprise.

Cette forme est aussi utilisée dans des contextes d'accidents, pour dire que quelqu'un s'est fait renverser par un véhicule, par exemple.

The car almost ran me down when I was crossing the street. — La voiture a bien failli m'écraser quand je traversais la rue.

CHOISIR ENTRE L'ANGLAIS BRITANNIQUE ET L'ANGLAIS AMÉRICAIN

Lorsque tu regardes des films en VO ou que tu lis des livres ou des pages Internet, tu remarques sûrement des différences entre l'anglais américain et l'anglais britannique. L'accent, bien sûr, mais pas seulement.

Par exemple, au niveau des terminaisons :

Les mots qui finissent en ***-or*** en anglais américain (*color, neighbor, flavor*...) finissent en ***-our*** en anglais britannique (*colour, neighbour, flavour*).

Ou encore les mots qui finissent en ***-ize*** en anglais américain (*apologize, organize*...) finissent en ***-ise*** en anglais britannique (*apologise, organise*...).

Autre exemple :

« **Ascenseur** » : en Grande-Bretagne on dit *lift*, tandis qu'aux États-Unis on a tendance à dire *elevator*.

À l'oral comme à l'écrit, essaie de prendre un parti clair et net : soit tu utilises l'anglais britannique, soit tu optes pour l'américain.

Dans le tableau suivant, je répertorie quelques mots afin de te sensibiliser à ces différences.

FRANÇAIS	–	ANGLAIS UK	ANGLAIS US
Cinéma	–	*Cinema*	*Movie theater*
Aubergine	–	*Aubergine*	*Eggplant*
Pantalon	–	*Trousers*	*Pants*
Football	–	*Football*	*Soccer*
Chips	–	*Crisps*	*Chips*
Frites	–	*Chips*	*French fries*
Vacances	–	*Holiday*	*Vacation*
Gomme	–	*Rubber*	*Eraser*
Taxi	–	*Taxi*	*Cab*
Poubelle	–	*Bin*	*Garbage can*
Lampe-torche	–	*Torch*	*Flashlight*
Film	–	*Film*	*Movie*
Boutique	–	*Shop*	*Store*
Addition	–	*Bill*	*Check*
Chaussures de sport	–	*Trainers*	*Sneakers*
Trottoir	–	*Pavement*	*Sidewalk*
Courgette	–	*Courgette*	*Zucchini*

SITUATION

L'ENTRETIEN D'EMBAUCHE

On a déjà vu plusieurs situations dans lesquelles tu pouvais t'en sortir alors même que tu ne maîtrisais pas très bien le vocabulaire en question. La fin de ce livre approchant, je vais partir du principe que tu t'es bien amélioré. C'est pourquoi je vais te mettre dans la situation de l'entretien d'embauche.

— *Hello! Thank you for coming today. Can you tell me a little bit about yourself?*

— *Hello! My name is Sarah. I am 22 years old, and I have just finished my studies in business. I am looking forward to starting working.*

— *Why do you want to work for our company?*

— *Your company is very much at the cutting edge. I like that you focus on customer service, and I want to learn more about working in a team.*

— *What experience do you have?*

— *I worked in a store for two years as a cashier. I also did a work placement in an office, where I helped with paperwork and answered phone calls.*

— *What are your strengths?*

— *I am very organized, and I work well with other people. I also learn quickly and enjoy new challenges.*

— *Can you tell me about a time when you worked in a team?*

— *Yes, during my work placement I worked with a group to organize an event. We had to plan everything together, and it was a great experience.*

— *Do you have any questions for me?*

— *Yes, can you tell me more about the tasks I would do in this job?*

— *Of course. You would help customers, organize products, and work with the team to keep everything running smoothly.*

— Bonjour ! Merci d'être venue aujourd'hui. Pouvez-vous me parler un peu de vous ?

— Bonjour ! Je m'appelle Sarah. J'ai 22 ans et je viens de terminer mes études de commerce. Je suis impatiente de commencer à travailler.

— Pourquoi voulez-vous travailler pour notre entreprise ?

— Je pense que votre entreprise est très à la pointe. J'aime le fait que vous mettiez l'accent sur le service client et je veux en savoir plus sur le travail en équipe.

— Quelle est votre expérience ?

— J'ai travaillé dans un magasin pendant deux ans en tant que caissière. J'ai également fait un stage dans un bureau, où j'ai aidé à l'administratif et répondu au téléphone.

— Quels sont vos points forts ?

— Je suis très organisée et je travaille bien avec les autres. J'apprends rapidement et j'aime relever de nouveaux défis.

— Pouvez-vous me parler d'une occasion où vous avez travaillé en équipe ?

— Oui, pendant mon stage, j'ai travaillé en équipe pour organiser un événement. Nous devions tout planifier ensemble et ce fut une expérience formidable.

— Avez-vous des questions à me poser ?

— Oui, pouvez-vous m'en dire plus sur les tâches que j'aurai à accomplir dans le cadre de cet emploi ?

— Bien sûr. Vous aiderez les clients, organiserez les produits et travaillerez avec l'équipe pour que tout fonctionne bien.

VOCABULAIRE

LA RECHERCHE D'EMPLOI

FRANÇAIS		ANGLAIS
Un entretien d'embauche	–	*A job interview*
Un recruteur	–	*An interviewer*
Chercher un emploi	–	*To look for a job*
Une entreprise	–	*A company*
Un poste	–	*A position*
Postuler pour un emploi	–	*To apply for a position, for a job*
Un employé	–	*An employee*
Un cadre	–	*An executive*
Un stage	–	*An internship (US) / A work placement (UK)*
Travail à mi-temps	–	*Part-time job*
Travail à temps plein	–	*Full-time job*
Être diplômé	–	*To graduate*
Virer quelqu'un	–	*To fire someone*
Gagne-pain	–	*Livelihood*
Démissionner	–	*To quit*
Compétences	–	*Skills*
Un avantage	–	*A perk (familier) / Benefit*
Un secteur	–	*A field*
Jour de congé	–	*Day off*
Emploi	–	*Job*
Chômage	–	*Unemployement*
Facture	–	*Invoice*
Une carrière	–	*A career*
Une formation	–	*A training*
Un petit boulot	–	*Casual job*
Job d'été	–	*A summer job*

VOCABULAIRE

LES MÉTIERS

FRANÇAIS	—	ANGLAIS
Agriculteur, trice	—	*Farmer*
Auteur, trice	—	*Author*
Avocat, e	—	*Lawyer*
Barman, barmaid	—	*Bartender*
Bibliothécaire	—	*Librarian*
Bijoutier, ière	—	*Jeweler (US) / Jeweller (UK)*
Boucher, ère	—	*Butcher*
Boulanger, ère	—	*Baker*
Bûcheron, ne	—	*Lumberjack (US) / Woodcutter (UK)*
Caissier, ière	—	*Cashier*
Chirurgien, ne	—	*Surgeon*
Coiffeur, euse	—	*Hairdresser*
Cuisinier, ière	—	*Cook*
Dentiste	—	*Dentist*
Écrivain, e	—	*Writer*
Facteur, trice	—	*Mailman (US) / Postman (UK)*
Fleuriste	—	*Florist*
Professeur, e	—	*Teacher*
Jardinier, ière	—	*Gardener*
Livreur, euse	—	*Delivery man / woman*
Médecin	—	*Doctor*
Pharmacien, ne	—	*Pharmacist (US) / Chemist (UK)*
Policier, ière	—	*Police officer*
Pompier, ière	—	*Firefighter*
Psychologue	—	*Psychologist*
Sage-femme	—	*Midwife*
Serveur, euse	—	*Waiter / Waitress*
Vendeur, euse	—	*Seller (US) / Shop assistant (UK)*
Vétérinaire	—	*Vet*

TABLE DES MATIÈRES

GRAMMAIRE

VOCABULAIRE

ASTUCES

SITUATION

PRONONCIATION

58 rue Jean-Bleuzen 92170 Vanves France

Direction Hachette Pratique : Catherine Saunier-Talec

Directrice de projets éditoriaux : Anne Le Meur

Responsable artistique : Carla Dalvy

Création de la maquette intérieure et mise en page : Stéphanie Aguado

Photographies : Laurie Bisceglia

Illustrations : Valérie Leblanc

Révision : Hélène Meurice, Laurent Laget , Maïka Billard et Murièle Bozec-Pearce

Fabrication : Amélie Latsch et Léa Legentil

Partenariats : Dana Lichiardopol (dlichiardopol@hachette-livre.fr)

Contact : webpratique@hachette-livre.fr

Achevé d'imprimer en novembre 2024 par Estella Gráficas (Espagne)

Dépôt légal : janvier 2025

Nuart : 68-2245-7

ISBN : 978-2-01-789314-1/01

PAPIER À BASE DE FIBRES CERTIFIÉES

hachette s'engage pour l'environnement en réduisant l'empreinte carbone de ses livres. Celle de cet exemplaire est de : 1,8 kg éq. CO_2 Rendez-vous sur www.hachette-durable.fr

L'éditeur utilise des papiers composés de fibres naturelles, renouvelables, recyclables et fabriquées à partir de bois issus de forêts qui adoptent un système d'aménagement durable. L'éditeur attend également de ses fournisseurs de papier qu'ils s'inscrivent dans une démarche de certification environnementale reconnue.